K.NAKASHIMA SELECTION VOL.10

アカドクロ
髑髏城の七人
アオドクロ

SEVEN SOULS IN THE SKULL CASTLE

中島かずき
KAZUKI NAKASHIMA

論創社

《髑髏城の七人》 アカドクロ／アオドクロ

タイトルロゴ（本文扉）
河野真一
◉
装幀
鳥井和昌

目次

アカドクロ

髑髏城の七人

2004・春

●登場人物

玉ころがしの捨之介《すてのすけ》
天魔王《てんまおう》
無界屋蘭兵衛《むかいやらんべえ》
沙霧《さぎり》
極楽太夫《ごくらくたゆう》
抜かずの兵庫《ひょうご》
裏切り三五《さんご》

〈関八州荒武者隊〉
あやまり陰兵衛《いんべえ》
逃《に》げ腰目多吉《ごしめたきち》
殴《なぐ》られ健八《たけはち》
従順一朗太《じゅうじゅんいちろうた》
尻馬鹿之進《しりうましかのしん》

〈関東髑髏党〉
犬神泥帥《いぬがみでいすい》
胡蝶丸《こちょうまる》
龍舌丸《りゅうぜつまる》
巍岩《ぎがん》
鉄機兵達

〈無界の里の女達〉
おすぎ
おさと
おえま
おゆき
おのぞ
おかお
おさほ
おえり

礒平《いそへい》
服部半蔵《はっとりはんぞう》

狸穴二郎衛門《まみあなじろうえもん》
斬光の邪鬼丸《ざんこうのじゃきまる》
贋鉄斎《がんてつさい》

第一幕

三途の川に捨之介

第壱景

関東荒野。昼下がりの街道筋。

中央に古びた祠。隅には地蔵が立っている。

そこに駆け込んでくる女。

その姿、小袖の上に鎖帷子をつけ股引きに革手甲という男装。山の民風でもある。名を沙霧《さぎり》という。

何者かに追われてきたのか、必死で走り抜ける。

と、沙霧の跡を追ってきた黒鎧に身を包んだ異形の武士団が駆け抜けていく。関東髑髏党《かんとうどくろとう》の雑兵だ。

戻ってくる沙霧。その方向にも髑髏党の雑兵達が待ちかまえている。

先頭に立つは異形の武士。斬光《ざんこう》の邪鬼丸《じゃきまる》である。

邪鬼丸　追いつめられたな。沙霧。
沙霧　ちくしょう。
邪鬼丸　随分と手間をかけたな。さあ、絵図面はどこだ。

沙霧　知らねえよ。
邪鬼丸　やれ。

と、雑兵、沙霧を殴る蹴る。
そこに通りかかった一人の牢人者が止めに入る。狸穴二郎衛門《まみあなじろうえもん》だ。

二郎衛門　まあまあ。しばらくしばらく。
邪鬼丸　なんだ、お前は。
二郎衛門　拙者、狸穴二郎衛門と申すやせ牢人。いや、縁もゆかりもござらぬが、見ればまだ年若い娘。何をしたかは存ぜぬが、見過ごすのも酷かと、しゃしゃり出てきました。
沙霧　ありがとう。地獄で仏とはこのことだ。
邪鬼丸　で、何が言いたい。手荒な真似はよせとでも口をはさむつもりか。
二郎衛門　おお。わかっているなら話ははやい。
邪鬼丸　ふん。おぬし、どうやらこの関東は初めてと見えるな。
二郎衛門　確かに。
邪鬼丸　いいか。この関東荒野で手荒というのは、こういうことを言うのだ！

邪鬼丸が刀を抜く。ひゅんと風を切る音。
と、遠巻きに様子を見ていた通りすがりの農民の首が突然飛んで、血しぶきが上がる。

二郎衛門　ええっ!!

街道の奥に転げ倒れる農民。

邪鬼丸　見たか、秘剣かまいたち。刀ではない、風で斬るのだ。
沙霧　むごい……。
二郎衛門　うわぁ……。
邪鬼丸　さ、少しぬしも手荒な真似が味わいたいかな。
二郎衛門　(一歩下がり、沙霧を手で差し)さ、どうぞ。
沙霧　えー。
二郎衛門　(沙霧に)何したか知らんが、とりあえずあやまれ。
沙霧　それですむ相手じゃねえよ。
邪鬼丸　言いたくなければ、それでもいい。あとは、城に戻って拷問だ。
雑兵　おおー。
邪鬼丸　じわじわと痛めつけてやるわ、うはははは。

そこに現れる着流しにざんばら髪の男。
捨之介《すてのすけ》である。片手に傘を持つ。

捨之介　拷問ですか？　拷問ですか？　ようがす、あっしにまかせておくんなせえ。

沙霧を捕まえていた雑兵から彼女を奪う。

捨之介　さあ、とっとと来い！

沙霧　な、何すんだよ!!

その剣幕に、なんとなく様子を見てしまう髑髏党。

捨之介　（祠を見つけ）ようし、ここだ。貴様を地獄の日の出通り商店街に案内してやる。うははは。

笑いながら、沙霧と祠に入り、扉を閉める捨之介。
あっけにとられている髑髏党と二郎衛門。
と、中で沙霧の悲鳴。

沙霧（声）　うぎゃー。

二郎衛門　（祠を指さし）……知り合い？

邪鬼丸　全然。（と、かぶりを振る）
沙霧　あ、ばかやろ、何するの、はなせ、ばか。……あ、……いや、……だめよ……、ばかん……。

と、だんだん色っぽくなる。

邪鬼丸　（我に返り）な、何してるんだ。ええい、あけろ、あけろ!!

祠の扉を開ける髑髏党の兵。
が、そこには四つん這いになったまま、固まっている捨之介。

邪鬼丸　貴様、女はどうした!!
捨之介　逃げられてしまいました!!
邪鬼丸　なにー!!
捨之介　おかしいなあ。若いときには百発百中、狙った獲物は必ず落とす。こんなことはなかったんですけどねえ。
邪鬼丸　ええい。探せ探せ。

祠の中に駆け込む邪鬼丸と兵達。
あたりを探すが沙霧の影も形もない。

邪鬼丸　ばかな、この祠の中からどうやって。貴様、どこへやった。
捨之介　あっしは何も。気がついたら消え失せて。
邪鬼丸　いったい、何のつもりだ。
捨之介　まったく、何のつもりですかねえ。あの女。
邪鬼丸　貴様のことを聞いている！
捨之介　あ、あっしは捨之介ってけちな野郎で。
邪鬼丸　名前を聞いてんじゃない！
捨之介　好きな言葉は寝正月。将来の夢は、年金生活。
邪鬼丸　ああ、もういい！

と、邪鬼丸のかまいたち。

捨之介　ふげ！

捨之介、その衝撃を受け倒れる。

邪鬼丸　（二郎衛門に）関東髑髏党、斬光の邪鬼丸だ。邪魔だてする奴は斬る。
二郎衛門　ははぁ。（と、頭を下げる）

と、そこに遠くから沙霧の声。

沙霧（声）　へへ、ばかやろう。ここまでおいで

邪鬼丸　ええい、追え追え！

駆け去る髑髏党。
見送る二郎衛門。
と、倒れていた捨之介、起き上がる。

捨之介　やれやれ。やっと行ったか。

二郎衛門　お、生きとったか。

捨之介　まったく、物騒な連中だ。

と、傘を支えに起き上がる捨之介。

二郎衛門　そうか。その傘で受けたのか。

捨之介　まともにやりあう相手じゃねえよ。第一、死ぬときは女の手にかかる。そう決めてるんでね。

二郎衛門　あれが関東髑髏党か。噂以上に剣呑な連中じゃのう。

捨之介　まったくだ。

と、祠にあったむしろを引っぱり出し、地蔵にかける捨之介。

捨之介　ひのふのみ！

むしろをとると下にいるのは地蔵ではなく、沙霧。

二郎衛門　おおー。
沙霧　半信半疑だったけど、うまくいったねえ。
二郎衛門　見事な人物のすり替え芸じゃのう。南蛮の手妻使いかい、おぬし。
捨之介　女を喜ばせるためにならば、少々の努力は惜しまない。そういう時期もあったってことだ。
沙霧　でも、さっきの声は。
捨之介　あれは、声色の腹話術だ。

指を差すと、差した中空から声がする。

沙霧（声）　へへ、ばかやろう、ここまでおいで。
捨之介　な。

沙霧　なるほど。立派な腹話術だ。（と捨之介の腹を触る）
捨之介　こらこら。腹が話すわけじゃない。そんな面白い腹は持ってない。（沙霧に）お前、名前は。
沙霧　どうだっていいだろ、そんなの。
捨之介　おいおい、命の恩人に名前も名乗らないのか。おかあさんはそんなしつけをした覚えはありませんよ。
沙霧　誰がおかあさんだよ。
捨之介　名前は。
沙霧　江田島平八子。
捨之介　いいんだな、それで。カーテンコールも役者紹介もパンフレットも全部それで通すぞ。沙霧・江田島平八子ってな。事務所には話通しとくから。
沙霧　ちょ、ちょっと。勝手に決めないでよ。ていうか、知ってるじゃない、沙霧って。何で知ってんだよ。
捨之介　顔に書いてある。
沙霧　え。
捨之介　俺くらいの女の達人になると、顔見ただけで名前がわかるんだよ。嘘だよ。（と紙片を出す）
二郎衛門　（紙片をのぞき込んで）これは手配書きか。なんだ。似顔絵と名前が書いてあるではないか。
捨之介　絵図面がどうとか言ってたな。何やった。
沙霧　何でもねえよ。
捨之介　まあ、いいか。そのくらい口が堅い方が長生きできる。ほら、行くぞ。

沙霧　行くってどこへ。
捨之介　このままむざむざ見逃すために、下手な手妻使ってお前助けたわけじゃない。
沙霧　え？
捨之介　聞けばこの辺にとびっきりの色街があるっていうじゃねえか。お前みてえなあばずれは、そこに行ってもう少し女っぷりを磨くがいいや。
沙霧　あんた、まさか。
捨之介　言ってなかったっけ。俺は、玉ころがしの捨之介。よろしく。
沙霧　玉ころがし。……じゃあ、人買い！
捨之介　夢を売る男と言ってほしいね。

逃げようとする沙霧を捕まえると、縄でしばる捨之介。指笛を吹くとなぜか荷車が現れる。
その荷車に沙霧を乗せる捨之介。

沙霧　（二郎衛門に）お、お殿さま。お願いします。このどスケベ野郎からお助け下さい。
二郎衛門　（捨之介に）強い？
捨之介　男に容赦はしねえ。
二郎衛門　さ、まいりましょうか、捨之介殿。

と、荷車を引く二郎衛門。

二郎衛門　どなどなどーなーどーなー。（などと口ずさみながら荷車を引いていく）
沙霧　あー、ちょっと、助けてー。

二人、消え去る。

捨之介　……狸穴二郎衛門ねえ。ま、いいか。浮き世の義理も昔の縁も、三途の川に捨之介だ。

後に続き、立ち去る捨之介。

☆

時に天正十八年（一五九〇）。

戦国の雄織田信長が逆臣明智光秀の手にかかり天下布武の志半ばに倒れてから、早八年。天下統一は浪速の猿面冠者、豊臣秀吉の手によりなされようとしていた。

唯一、この関東をのぞいては。

平和の世にはなじまぬ野武士たち、織田豊臣に抵抗し追われた一揆衆、侍の支配を嫌い流れ込んだ公界の民たち。いまだ荒夷《あらえびす》の気風を残す関東荒野こそ、彼らの最後の牙城だった。

しかし、その関東を陰で支配する武装集団があった。その名を関東髑髏党。

その首魁、天魔王と名乗る仮面の魔人は、黒甲冑に身を包んだ鉄機兵と呼ばれる軍団を率い、瞬く間に関東をその手中に収めた。関東の大平野に忽然とそびえる漆黒の奇城、髑髏党の拠城を人々はいつしか髑髏城と呼び畏れるようになっていた。

今では、秀吉に対する最後の勢力、小田原の北条家も、天魔王の傀儡に成り下がっていると噂されている。天下統一を狙う秀吉にとって、今や関東の天魔王こそが最後にして最大の敵であった。

風雲急を告げる関東荒野。

その中で、奇《くす》しき縁《えにし》に操られ名もなき七人の戦いが、今、始まらんとしていた。


——暗転——

第弐景

色里〝無界〟。

無界屋の女達が飛び出してきて、音楽にあわせて踊る。

中心で踊っているのが極楽太夫。その後ろにおゆき、おすぎ、おさと、おえま、おのぞ、おかお、おさほ、おえり。

これがこの色街の顔見世らしい。

その踊りの途中で出てくる野武士の一団。

兵庫《ひょうご》、陰兵衛《いんべえ》、目多吉《めたきち》、健八《たけはち》、一朗太《いちろうた》、鹿之進《しかのしん》の六人。それぞれ派手な格好。兵庫は、背に斬馬刀のような大刀を背負っている。

この頃はやりの傾奇者の一群だ。その名も関八州《かんはっしゅう》荒武者隊《あらむしゃたい》。

兵庫　待った待った待った待った待った。

極楽　もう、誰⁉

兵庫　俺だよ、太夫。

極楽　おやおや。誰かと思えば兵庫の旦那。

兵庫　そうだよ、俺だよ。お前の恋人、兵庫だよ。
荒武者隊　うす！
極楽　ご冗談を。顔見世の踊りの邪魔する野暮天を男に持ったおぼえは、毛頭ございませんよ。
兵庫　野暮を承知の乱入だ。ほうら、銭だ！

と、銭袋を差し出す荒武者隊。

極楽　驚いた。これは頑張りなすったねえ。
兵庫　ふふん。ためにためたるこの銭でためにためたるこの想い。今日という今日は思いっきりぶちまけさせてもらうぞ。
荒武者隊　エイエイオー！
兵庫　たゆー。（と、抱きつこうとする）
極楽　（それをかわして）そうはいきません。

荒武者隊も女達に抱きつこうとするが、かわされる。

男達　なんで。
おゆき　やれやれ。こいつはとんだぼんくらどもだ。だったら教えて差し上げましょう。
おのぞ　ここをどこだと思ってますか。

おえり　ここは色街、無界の里。
おかお　ここでおなごが抱けると思うたら百年はやい!!
おさほ　百年はやい!!
兵庫　……言ってる意味がよくわかんないんですけど。
極楽　この無界の里が売ってるのは春じゃない。夢。
女達　夢!
兵庫　は?
おゆき　お金だして、おなご抱いて、それで何が残ります?
兵庫　爽やかな汗。
おえま　そう。あなたが汗水たらして稼いだ金が、結局元の汗に逆戻り。
おすぎ　それが普通の色街。でも、この無界の里は違う。
おさと　お金出してもお金出しても、あなたの想いはかなわない。
兵庫　そりゃむなしい。
おゆき　むなしくない。全然むなしくない。逆です。今日は駄目でも明日があるさ。明日が駄目でもあさってがあるさ。
極楽　いつの日か必ず、あの夢のまた夢、極楽太夫と朝までしっぽり。
女達　素敵な彼女と朝までしっぽり。
男達　よーし、今日も頑張るぞー!
極楽　ほーら、毎日の生きる目標を、人生の夢を与えてるじゃない。

兵庫　ほんとだあ。
極楽　ね。簡単に抱けたら、こうはいかない。
兵庫　待て、待て待て。でも、じゃあ、お前は金もらって何するんだよ。
極楽　綺麗になる。綺麗になってあなたの想い、百年先までどーんと受けとめる。だから、いつまでも応援して下さいね。
女達　応援して下さいね
兵庫　あ、が、頑張って下さい。
荒武者隊　うす!!

女達、荒武者隊にチアガール用のボンボンを渡す。

兵庫　ようし、お前達、太夫を応援だー！
荒武者隊　うす！
兵庫　フレー、フレー、ご・く・ら・く！
荒武者隊　フレフレ極楽！　フレフレ太夫！
兵庫&荒武者隊　フレフレ極楽！　フレフレ太夫!!
兵庫　（額の汗をぬぐって爽やかに笑い）いい汗だぜ。

と、そこに捨之介の声。

捨之介　いやー、さすがは天下の極楽太夫だ。男あしらいはたいしたもんだね。

捨之介が現れる。

捨之介　相手が関東の田舎者とはいえ、いやあ手玉にとっちゃあ転がす転がす。俺もその手で転がされてみたいもんだね。
極楽　ここは色里。お望みならば転がしも転がされもしましょうが、あなた様は。
捨之介　俺は玉ころがしの捨之介。お前さん達まぶしい光に吸い寄せられるケチな羽虫ってところだ。ただし、この指だけは蜂の指でね、蜜のありかをよく知っている。
極楽　おまけに刺すと毒もある、とか？
捨之介　ご明察だ。

と、極楽の身体に指をはわす捨之介。

兵庫　いいかげんにしねえか、このでぶ！
捨之介　なんだと。
兵庫　黙って見てりゃあいけしゃあしゃあと、人の女に粉かけやがって。調子に乗るんじゃねえぞ。
捨之介　騒々しい奴らだな。なんだ、てめえら？

兵庫　問われて名乗るもおこがましいが。
陰兵衛　人も恐れる坂東無宿。
一朗太　関東名物数々あれど。
健八　桓武平氏の流れを汲んだ。
鹿之進　関八州にその名も高い。
目多吉　泣く子も笑う傾奇者。
荒武者隊　てんてん天下の荒武者隊。
兵庫　この関東じゃあな、すべてが強い者順だ。太夫口説きたかったら、俺達を倒してからにしな。
捨之介　荒っぽいのは嫌いなんだけどね。
兵庫　だったらとっとと失せやがれ。
捨之介　人に指図されるのも嫌いなんだよ。
兵庫　上等だ。
陰兵衛　待ってくれ、兄貴。
目多吉　こんな奴、俺達だけで充分。
健八　兄貴は下がって見ててくれ。
兵庫　おう。板東武者の心意気、とっくり見せてやれ。
捨之介　やれやれ。見かけどおりの単純な連中だな。
一朗太　好き勝手ほざいてるのは今のうちだ。
鹿之進　くらえ！

刀を抜き襲いかかる五人。捨之介、手にした傘で一息にやっつける。

陰兵衛　すんません。
目多吉　ご勘弁を。
健八　(殴られた顔を押さえて)いててて。
兵庫　あやまり陰兵衛、逃げ腰目多吉、殴られ健八。
一朗太　何でも言うこと聞きます。
鹿之進　そうそう、そのとおりっす。
兵庫　従順一朗太、尻馬鹿之進。(と、それぞれを指す)見たか、名は体を現す!
捨之介　何をいばってるんだよ。
兵庫　くそう、可愛い子分達をこんな目に。てめえだけは許せねえ!
捨之介　だから、そっちが勝手にかかってきてるんだろうが。何なんだよ、お前は。
兵庫　背中の太刀は男の伊達。拳で倒すは男の意地。誰が呼んだか抜かずの兵庫。冥土の土産に覚えとけ。(と、見得を切る)太夫、見てなよ。この拳に託した男兵庫の心意気。
極楽　はいはい。
兵庫　おう、陰兵衛。てめえの刀かしてやれ。
捨之介　素手の相手に、刀使うわけにもいかんだろう。
兵庫　なめてもらっちゃ困るな。俺の拳は下手な刀よりも強えぜ。

捨之介　じゃ、俺は、指一本で相手しよう。（と人差し指を立てる）
兵庫　なめるなあ！

殴りかかる兵庫。

捨之介　あ、裸の女のセーラー服。（と、指さす）
兵庫　え。

振り向いたところを捨之介のパンチ。

兵庫　だあ！（と、吹っ飛び起き上がる）ちっくしょう。セーラー服じゃ裸じゃねえじゃねえかよ。嘘ばっかつきやがって。（再び襲いかかる）
捨之介　あ、裸の女の看護婦さん。（と、指さす）
兵庫　らっきぃ。

振り向いたところを捨之介のパンチ。

兵庫　だああ！（再び吹っ飛び起き上がる）くそう、なんで裸なのに看護婦さんだってわかるんだよ……。（再び襲いかかるが、逆に捨之介に）あ、裸の女の大名行列。（と、指さす）

捨之介　（そっちを見て）ほんとだ。
兵庫　どこ⁉（と、そっちを見る）

その隙に捨之介のパンチをくらう兵庫。

兵庫　だああっ！（と吹っ飛ぶ）
荒武者隊　兄貴は、ばかだ。

と、兵庫を介抱する五人。
兵庫、意識を取り戻す。
そこに一人の牢人者が、沙霧に刀を突きつけて出てくる。荒武者隊の一人、三五《さんご》である。

三五　調子に乗るのはそこまでだな、捨之介。
沙霧　あいたたた。
捨之介　さ、沙霧。（三五に）てめえ。
兵庫　三五か。
三五　関八州荒武者隊の知恵袋、小田切三五《おだぎりさんご》だ。今までのことは盗み聞きさせてもらった。この女、無界の大門の横に、縛りつけていただろう。お前が玉ころがしと聞いてピーンときた。里に入る前に、ちゃんと気づいていたのさ。

沙霧　だったらそのとき助けてよ。
三五　縛られている女の姿はけっこう好きだ。
一同　変態だ。
三五　（懐から手鏡を出して、自分に語りかける）そんな君が好きだよ、三五くん。
一同　本物だ。
三五　どうしたね、兵庫の旦那。やられっぱなしだったんだ。礼の一つくらいあってもいいんじゃないか。
兵庫　人質は、好きじゃねえ。
三五　まあ、そう言うな。このままじゃ俺達、格好つけて出てきたわりには、何にもいいとこなしで退場する羽目になる。太夫の前だ。あんまりかっこ悪い真似もできないだろう。さ、おとなしくしろ、捨之介。
捨之介　ぬぬぬぬぬ。
沙霧　なんか結局こういう役回りなんだ、あたし。
三五　はーっはっはっはっは。
荒武者&女達　はーっはっはっはっは。
二郎衛門　はーっはっはっはっは。（と登場。三五の背中に刀を突きつける）
三五　は？
二郎衛門　女の横で大福帳ぶら下げて突っ立ってた男までは気づかなかったようだな。しまった。信楽焼の狸の置き物だと思って見すごしていた。

沙霧　ははん。どうやら形勢逆転のようね。
三五　むむむむ。女。
沙霧　沙霧だよ。
三五　お前、用心棒はいらないか。
一同　は？
三五　この戦国、女一人で渡っていくのは大変だろう。転ばぬ先の小田切三五。少しは役に立つ男だぞ。
沙霧　料金は？
三五　とりあえず七日間はお試し期間でタダだ。
沙霧　よろしくお願いします、先生。
三五　（いきなり沙霧をかばい）この女に手を出す奴は俺が許さん。来い。
目多吉　三五、てめー。
三五　行く川の流れは絶えずしてしかも元の水にあらず。世間とはこういうものだ。誰が呼んだか、裏切り三五。
陰兵衛　誰も呼んでねえよ。
健八　てめえ。まったく。
三五　ああ、その目。その冷たい目。それが俺の血を騒がせる。これぞ裏切りの醍醐味だ。友達なんかいなくていい！（鏡の中の自分に親指を立て爽やかな笑顔を送る）なになに。そんな君がすてきだって？　うんうん。

二郎衛門　あんまり関わり合いにならん方がよさそうだな。
捨之介　さあ、どうするね。荒武者隊の旦那方。
女達　ごめんなさーい！（捨之介の後ろに回り込む）
捨之介　いいんだよ。全然気にしてないから。
荒武者隊　ごめんなさーい。（続いて回り込もうとする）
捨之介　（二郎衛門の刀をとり）男は容赦しねえ。
荒武者隊　でーー！

逃げまどう荒武者隊。大騒ぎ。そのとき銃声。
天に向かって短筒を撃った人物がいる。着流しの黒の羽織に首に大きな数珠をかけている。
無界屋の主人、蘭兵衛《らんべえ》だ。片手に長キセル。

蘭兵衛　たいがいにしねえか、てめえ達。
兵庫　ら、蘭兵衛。
蘭兵衛　ここは色街。入れば人に境はなくなる無界の里だ。この世の極楽でいさかい事をするような野暮天にゃあ、この街で遊ぶ資格はねえ。とっとと帰ってもらいましょうか。——兵庫の旦那。あんた方には相当貸しがあったはずですが。
兵庫　貸し。
蘭兵衛　酒代、食い物代、女との遊び賃、そして酔って暴れて人にかみついたその薬代と。それを

極楽　忘れちゃいけねえなあ。
蘭兵衛　蘭兵衛さん。（と、兵庫が持ってきた銭袋を渡す）
なるほど。こいつは旦那方にしちゃあ、頑張りましたね。よござんす。今日のところはこれで。但し、この無界の里じゃ喧嘩は御法度。今度騒ぎを起こしたら、そんときゃあ出入り禁止ですよ。
兵庫　そ、それは……。
蘭兵衛　そちらのおあにいさん。さっきから好き勝手やってくれてるようですが、あんただって同様だ。（顔を見て）……あ。
捨之介　よお。（にやにやしている）
蘭兵衛　……お前、まさか。
捨之介　久しぶりだなあ。大した羽振りじゃねえか。無界屋の蘭……兵衛さん。
沙霧　あー、てめえら、ぐるか。はめやがったな！
捨之介　はっはっは。玉ころがしが色街の主《あるじ》と一つ穴のむじななのは、断るまでもねえこった。蘭兵衛、その女、ちょっと預かっててくれ。
沙霧　じょ、冗談じゃない。あたしは春は売らないよ。
捨之介　油でも売っときゃいいんだよ。死ぬよりはましだろ。
蘭兵衛　何のわけありだ。
捨之介　こいつは髑髏党に追われてな。木の葉を隠すなら森の中、女を隠すなら女の中だ。ほとぼりがさめるまでここに置いてくれ。

蘭兵衛　相変わらず女には甘いな。
捨之介　当たり前だ。しかも俺は最近、うまいもんに飽きててな。ゲテ物食いの捨《す》て
と呼ばれてる。
沙霧　どういう意味よ。
蘭兵衛　して、そちらのお侍様は……。
二郎衛門　お侍なんて大したもんじゃない。主《あるじ》もなければ家もない、三界《さんがい》に枷なしのやせ牢人狸穴二
郎衛門。故あってそこの捨之介殿と道行きを共にしとる。
蘭兵衛　……狸穴二郎衛門、様ですか。
二郎衛門　様は、余計ですぞ。無界屋蘭兵衛殿。

蘭兵衛、二郎衛門、互いに顔を見つめ若干の沈黙。

蘭兵衛　……おすぎ、おえま。門を閉めてこい。今日は早じまいだ。
おえま・おすぎ　はーい。（立ち去る）
蘭兵衛　お前達もあがりだ。部屋に戻っていいぞ。
女達　やりぃ！
極楽　（沙霧に）無界の里は女の極楽。何があったか知らないけど、安心してまかせなさい。
おゆき　（沙霧に）きれいな肌だねえ。（と、指でなで、沙霧に妖しい視線）
沙霧　ええー。
極楽　冗談よ。

蘭兵衛　（兵庫達に）申し訳ありません。ちょいと野暮用がありまして、里を閉めさせていただきます。今日のところはお引きとりを。

兵庫　じょ、冗談じゃねえ。このまま引き下がっちゃあ、俺達はただの気のいい村の青年団じゃねえか。今日という今日は、太夫といい仲になるまで、ここを一歩も動かねえぞ。

荒武者隊　うす！

極楽　……しょうがないねえ。蘭兵衛さん、お座敷一つ使わせてもらいます。大丈夫大丈夫。（口車にのせてすぐに追い返すという仕草）さあ、こっちにどうぞ、兵庫の旦那。

兵庫　おおーっ。お前達、いっくぞー。

荒武者隊　荒武者隊ー、ふぁいっおー、ふぁいっおー。

極楽の後に続いて、荒武者隊消える。
門を閉めて戻ってきたおすぎとおえまに言う蘭兵衛。

蘭兵衛　その旦那方もお座敷にお通ししろ。

おすぎ・おえま　はーい。

二人、二郎衛門と三五を奥に案内する。
二人きりになる捨之介と蘭兵衛。

蘭兵衛　あの侍……。お前、なぜ。

捨之介　偶然だよ。さっき、そこで一緒になった。なあに、気にすることたぁねえ。お前が色街の主、無界屋蘭兵衛である限りは、あいつも牢人狸穴二郎衛門だろうよ。

蘭兵衛　しかし……。

捨之介　ここは色街。入れば人に境はなくなる無界の里だろ。蘭兵衛さん。

蘭兵衛　ひやかすな。

捨之介　朴念仁のお前が、色街の主人とはねえ。いや、世間とはおもしれえ。

蘭兵衛　成りゆきというやつだ。女達を束ねてなんぼの亡八稼業。ほんとならお前の方が似合いの仕事だろう。

捨之介　俺にはここまでしょいこめねえよ。浮世の義理をすべて流して三途の川に捨之介ってのが今の通り名だ。

蘭兵衛　……捨之介か。お前らしいな。で、そのすべて流した筈の捨之介がこの関東に何の用だ。さっきの女がらみか。

捨之介　ありゃあ、ただの行きずりだ。

蘭兵衛　行きずりねえ。捨てても捨てきれねえのが女との縁かい。

捨之介　女だけなら苦労はすめえよ。捨てきれねえ縁がここまで足を運ばせた。無界の里の噂を聞いて、もしやと思ったのと、もう一つ。

蘭兵衛　……髑髏党か。

捨之介　ご名察。なんでも、この関東を第六天に変えるとかうそぶいてるって話じゃねえか。

蘭兵衛　お前、まさか、天の殿様が……。
捨之介　一番、そう願ってるのはおめえじゃねえのか。
蘭兵衛　……確かにな。が、あの死にざま見せられれば、そうは思えないよ。思いたくてもな。
捨之介　腹を〝天〟の字にかっさばいて、なお、自分で自分の首はねるなんざあ、あのお方でなきゃあできねえ芸当だ。よっぽど光秀の謀反が腹に据えかねたんだろうなあ、信長公は。
蘭兵衛　私がもうちょっと、奴の動きに気を配っていれば、むざむざあんなことには……。
捨之介　今さら言っても仕方あるめえよ。となると、もう一人。俺には、その方がよっぽど剣呑に思えるね。
蘭兵衛　生きているのか、奴が。
捨之介　少なくとも本能寺じゃ、死んじゃいねえ。天魔王《てんまおう》たあ、ふざけた名前をつけやがる。
蘭兵衛　そうか……。（首の数珠を握りしめる）
捨之介　……ま、これ以上は今心配しても仕方ねえだろ。せっかく来たんだ。俺も少し遊ばせてもらえるかな。
蘭兵衛　それはお前の腕次第だな。
捨之介　え？
蘭兵衛　ここの女達は一筋縄ではいかないぞ。

そこに兵庫の雄叫び。

兵庫　うおおおおおっ！

駆けだしてくる兵庫。牛を引いている。

兵庫　太夫が、太夫がいつの間にか牛にー！　牛を抱くのはもう御免だよー!!　なんで俺のこの想いが通じねえんだよ、たゆー!!

蘭兵衛　な。

捨之介　騙される方に問題があるんじゃ。

兵庫　それでも思わず乳を搾ってしまいましたー!!（と、コップに乳を搾って飲む）うまい。（と、うなずく）

そのとき、門をどんどんと叩く音。

捨之介　どうした。

メキメキと門が壊れる音。

蘭兵衛　門だ。門がやられた!?

なだれ込んでくる黒甲冑の兵隊。髑髏党鉄機兵だ。ひときわ大きい異形の兵が、鉄機隊隊長の巍岩《ぎがん》。彼らを率いるのが僧侶姿の犬神泥帥《いぬがみでいすい》である。

巍岩　無界屋、無界屋蘭兵衛はいるか。

蘭兵衛　私でございます。

泥帥　喜びなさい。この土地に我らが天魔王様の出城を作ることになりました。今日の日暮れまでに速やかに立ち退きなさい。

蘭兵衛　お言葉ですが、日暮れまでとおっしゃられても、もう陽は西に傾いております。こちらにも、準備というものが……。

と、兵庫、つかつかと泥帥に近寄り思いっきりぶん殴る。

泥帥　ふぎゃっ！

蘭兵衛　兵庫！

兵庫　だってよう、こいつのツラ見てるとなんかぶん殴りたくなったんだよ。無性に。

泥帥　殴ったわね、顔を。顔は、顔はお坊さんの命なのよ！　もおおおお許さない！　鉄機隊のみなさん、火をおかけ！

蘭兵衛　なに！

泥帥　すべて灰になれば、準備もあったもんじゃないでしょう。

巍岩　やれ！

松明を持って奥に駆け込もうとする鉄機兵を殴り飛ばす捨之介。

捨之介　おっと、お気をつけなさい、旦那方。この辺はすべりやすいですぜ。
巍岩　貴様。
捨之介　（兵庫に）どうしておめえはそう、考えなしなんだ。髑髏党相手に喧嘩売るつもりか。
兵庫　へん、てめえだって似たようなもんじゃねえか。説教されるおぼえはねえぜ。
捨之介　どうでも荒事になっちまうかよ。しょうがねえなあ。（殴り倒した兵の刀を二本奪うと）こっから先は、野暮は通せねえ。刀おいて出直してきな。
蘭兵衛　やれやれ。……古人曰く、身に振る火の粉ははらわにゃならないってな。（捨之介から刀を一振り受け取ると、構える）
兵庫　俺は、牛の恨みを髑髏で晴らす！

捨之介、兵庫、蘭兵衛、ポーズを決める。

泥帥　ぬぬぬぬぬ。

と、そこに現れる邪鬼丸。

邪鬼丸　泥帥、ここはまかせろ。
泥帥　おう、邪鬼丸か。
捨之介　てめえ。
邪鬼丸　ここに絵図面の女が隠れているぞ。
泥帥　なに。
邪鬼丸　その男がいるということは、そういうことだ。
捨之介　お見通しかい。
邪鬼丸　貴様に騙されさんざん探し回ったぞ。泥帥、行け。沙霧の行方、天魔王様よりも先に我らが探し出さねば、まずいことになる。
巍岩　おまかせを。

と、巍岩、背にしていた巨大な南蛮剣《ソード》を構える。

泥帥　わかった。行くぞ、お前達。

鉄機隊を率いて奥に行く泥帥。

兵庫　野郎！

捨之介　行け、兵庫。
蘭兵衛　太夫達を頼む。
兵庫　合点だ！

兵庫、泥師の後を追って走り去る。

邪鬼丸　（捨之介に）俺のかまいたちを受けてくたばっていなかったとはな。
捨之介　からまれるとしつこそうなんで、とっとと死んだふりしたんだが。蘭兵衛、気をつけろよ。こいつは陰険な技を使う。
蘭兵衛　承知してるよ。この界隈じゃ有名だ。
邪鬼丸　今度は自分で味わってみろ。

邪鬼丸、抜刀。風を切る音。見えない斬撃が蘭兵衛を襲う。かわす蘭兵衛。

邪鬼丸　見たか、秘剣かまいたち。

ひゅんひゅんと唸る邪鬼丸のかまいたち。
巍岩の剣をさばきながら、邪鬼丸に打ちかかる捨之介と蘭兵衛。
捨之介と蘭兵衛を襲う邪鬼丸のかまいたちと巍岩の大剣。が、息の合った連係攻撃でそれをさばく捨之介と蘭兵衛。

捨之介　腕は落ちてねえようだな。

蘭兵衛　お前もな。

邪鬼丸　捨之介。この斬光の邪鬼丸様をペテンにかけた罪、思い知らせてやるぞ。

捨之介　俺の舌先は女に夢を見せるためのもの。男相手に使うのははなはだ不本意なんだけどな。

邪鬼丸　ふふん。能書きばかりは二枚目気取りか。そのおごった心と腹の脂身切り落としてくれるわ！

蘭兵衛　それだ。いい手がある。突っ込んでいって腹の脂身を斬られろ。その隙に、私が奴を斬る。

捨之介　えー。

蘭兵衛　不服か？　腹はへこむし奴には勝つし一石二鳥だと思うが。

捨之介　いやー、その非情さ。蘭兵衛くんもいい商人《あきんど》になったもんだ。

邪鬼丸　能書きはそこまでだ。喰らえ必殺、百一匹かまいたち大行進!!

邪鬼丸が猛烈な勢いで剣を振るう。無数の見えない斬撃が捨之介と蘭兵衛を襲う。
あわてて、襲ってくる巍岩の陰に隠れる捨之介と蘭兵衛。
かまいたちは巍岩に当たる。一瞬動きが止まる巍岩。

巍岩　よせ、邪鬼丸。

捨之介　いまだ。

と、その隙に逃げ出そうとする捨之介と蘭兵衛。

が、その行く手を阻む一人の武士。龍舌丸《りゅうぜつまる》だ。捨之介の剣を払い、いったん離れる。

龍舌丸　剣をおさめよ。邪鬼丸、巍岩。
巍岩　龍舌丸殿。
邪鬼丸　なぜ貴様が。
龍舌丸　おさめよと言うに。それが天魔王様のご意志。
邪鬼丸　なに。
龍舌丸　ここはよい。お前は、女を探せ。
邪鬼丸　（捨之介達に）……貴様ら、命を拾ったな。

邪鬼丸、無界屋奥に駆け込む。

捨之介と蘭兵衛、彼の後を追おうとするが、龍舌丸と巍岩が押しとどめる。同時にただならぬ気配を感じる捨之介と蘭兵衛。

と、一転にわかにかき曇り、稲妻が走る。にわか雨だ。

黒甲冑の兵団が捨之介達の周りを取り囲む。

鉄機兵達だ。整列すると、ゆっくりと異形の鎧に身を包んだ男が現れる。

関東髑髏党党首、天魔王《てんまおう》である。鋼でできた黒ずくめの鎧兜に髑髏の面が稲光に妖しく映える。
その後ろに太刀を持って続く胡蝶丸《こちょうまる》。龍舌丸もその横へ。
巍岩、かしずいて天魔王を迎える。

蘭兵衛　……天魔王。

捨之介　……ほう。髑髏党の主が早々におでましとはな。

胡蝶丸　天魔王様も、貴殿達に会いたがっておられた。蘭兵衛、そして捨之介殿。

捨之介　もうその名前を知っているのか。さすがだね。

龍舌丸　この関東で天魔王様が知らぬことなど何もない。

胡蝶丸　特に、捨之介、貴殿のことは、関東入国の折から気にかけておられた。

捨之介　そいつは光栄の至りだ。だったら、ついでに、その仮面の下に隠したお顔が拝見できると非常に嬉しいんですけどね。

天魔王　（低く笑い）いいのかな。見ると後戻りできなくなるぞ。

捨之介　上等だ。

蘭兵衛　見せていただきましょうか、その素顔。

天魔王、中央に歩み出て振り返るとゆっくりと仮面をはずす。背を向けているので、客席には顔は見えない。稲妻。

蘭兵衛　……やはり、お前か。
捨之介　やめとけやめとけ。俺達の夢は天の殿様が倒れたところで潰えた筈だ。今さら、人が天になろうとしても、二本横棒が足りねえよ。
天魔王　足りないのなら、足せばいい。（二人を指す）
蘭兵衛　え……。
捨之介　ばかばかしい。人の字に俺達二人足したって、天にはならず、夫になるのが精いっぱいだ。
天魔王　俺は御免だね。
ならば、死ね。

捨之介に襲いかかる胡蝶丸、龍舌丸。

捨之介　それも御免だ。

二人の剣をかいくぐって、天魔王にかけよると、刀を振り下ろす捨之介。が、天魔王の鎧に弾き返される。

捨之介　なんだと!?

嗤う天魔王、護ろうとする巍岩を制して、捨之介を挑発する。捨之介、もう一度打ちかかるが、効かない。天魔王、捨之介の刀を手で掴むと奪い取って放り投げる。

蘭兵衛　捨之介！

と、蘭兵衛、短筒を撃つが天魔王には効かない。

蘭兵衛　……そんな。
胡蝶丸　天魔王様こそは天魔の御霊《ごりょう》。人間の武器では傷つかぬ。
捨之介　秘密は、その鎧か。ただの鉄じゃねえな。南蛮物か。
龍舌丸　我が殿は不死身。わかったらおとなしく軍門に下るがいい。

そこに駆け込んでくる二郎衛門。

二郎衛門　待った待った待った待ったー！
天魔王　（二郎衛門を見て）！
二郎衛門　貴様が噂の天魔王か。三界に枷なしのやせ牢人、狸穴二郎衛門まいる。（刀を抜く）
捨之介　おっさん、下手に手ぇ出すと大怪我するぞ。
二郎衛門　そうはいかん。儂もこの里が気に入ったのよ。
蘭兵衛　どうだか。

天魔王　（襲いかかろうとする配下を制して）よせ。（捨之介達に）天に唾する愚かさを知らぬ痴れ者どもよ。少し考える時をやろう。共に天を目指すか、それとも死ぬか、次に会うときまでに決めておけ。

嗤いながら立ち去る天魔王一党。

蘭兵衛　待て！
捨之介　やめとけ、今の俺達のかなう相手じゃねえ。
蘭兵衛　……捨之介。
捨之介　どうやら、おっさんに命救われたようだな。
二郎衛門　儂か。おう、儂は強いぞ。
蘭兵衛　とぼけるなあ、この狸親父は。

と、女達の悲鳴が聞こえる。

捨之介　兵庫の野郎、何やってやがんだ。

捨之介、奥に走り去る。

二郎衛門　あ、おい。（捨之介の後に続く）

蘭兵衛、天魔王を追おうかと若干躊躇するが、結局、捨之介の後に続く。

——暗転——

第参景

無界屋奥。
逃げまどう女達。追い回す鉄機兵。
邪鬼丸が駆け込んでくる。

邪鬼丸　泥師、女は。沙霧は見つけたか。
泥師　おう。

泥師と鉄機兵、沙霧と極楽を連れてくる。

沙霧　あいたたた、何すんのさ。
泥師　ほれ、このとおり。
邪鬼丸　さすが犬神泥師。弱い者にはめっぽう強い。
泥師　いやいや、それほどでも。
邪鬼丸　(極楽を見て) こっちは何だ。

泥帥　それは愚僧の趣味ざんす。
極楽　えー。
邪鬼丸　このなまぐさ坊主が。
泥帥　いやいや、それほどでも。
邪鬼丸　さて、絵図面はどこだ、沙霧。落ち着いて答えろよ。でないと、この里の全員が死ぬことになる。
極楽　なんだか知らないけど、渡すことはないよ。こんな奴らにやられるほど、この街はやわじゃない。
邪鬼丸　……赤針斎《せきしんさい》は死んだぞ。
沙霧　え！
邪鬼丸　赤針斎だけじゃない。弥助も希三郎も小巻も、一族郎党みな死に絶えた。生きているのはお前だけだ、沙霧。
沙霧　そんな。
邪鬼丸　貴様がいけないのだ。我が髑髏城の絵図面を持ってどこに行くつもりだった。
沙霧　……あんただね、殺したのは。
邪鬼丸　さて、そうだったかな。
極楽　さいてー！
邪鬼丸　死ぬか、女！

かまいたちを振るおうとする邪鬼丸。

兵庫 うおりゃあああああああああああっ！

兵庫、泥師の背後から駆け込んできてラリアットを決める。同時に陰兵衛、健八、目多吉、一朗太、鹿之進、鉄機兵から沙霧を奪い返す。

兵庫 大丈夫か、太夫！（と両手を広げる）

極楽 ありがと。（と、さっさと駆け去る）

兵庫 あ。（ちょっと寂しい）

沙霧 むくわれないねえ。

兵庫 （そのむなしさを怒りに変える）今宵の拳は血に飢えてるぞ。てめえら、心してかかってきやがれ！

泥師 一度ならず二度までも、このイモ侍が！

邪鬼丸 誰を相手にしてるか、わかってるのかな。

兵庫 わかってらあ。痩せても枯れても桓武平氏の流れを汲んだ坂東武者だ。関東髑髏党相手なら喧嘩のしがいがあるってもんだぜ。

ポーズを決める荒武者隊。

邪鬼丸　ならば死ね！（かまいたちを振るう）
兵庫　かまいたちかよ！（見えない刃をかわす）
健八　ふぎゃっ！（倒れる）
陰兵衛　健八！
兵庫　しまった。
邪鬼丸　ふふん。下手にかわすと貴様の仲間が傷つくことになるぞ。
泥帥　さすがは邪鬼丸。えぐい剣ですねえ。
邪鬼丸　いやいや、それほどでも。

かまいたちに襲われる荒武者隊。

兵庫　くそう、きたねえ真似を……。

鉄機兵の反撃。苦戦する荒武者隊。

邪鬼丸　終わりだな！（兵庫にとどめを刺そうとする）

と、そこに一発の銃声。邪鬼丸、足を止める。

邪鬼丸　誰だ⁉

極楽を中心に無界屋の女達登場。全員、たすきがけに紫頭巾をして銃を構えている。

極楽　お待ちなさい、さいてー野郎になまぐさ坊主。
泥帥　なにやつ⁉
極楽　悪党に名乗る名前などない！　無界の里はあたし達が護ります。これ以上、あなた方の好きにはさせない。
邪鬼丸　ははん、たかが女に何ができる。
極楽　こういうことができる。

女達、一斉に銃を撃つ。

邪鬼丸　なに⁉
泥帥　れ、連発式⁉

蜘蛛の子を散らすように去る鉄機兵達。

泥飾　あ、お前達。

残される邪鬼丸と泥飾。

極楽　悪の栄えたためしなし。観念なさい、髑髏党。

邪鬼丸　ぬぬぬぬぬ。

逃げようとする邪鬼丸と泥飾。立ちはだかる兵庫と荒武者隊。別の方向に逃げようとすると無界の女達が銃を構える。後ろに回ろうとするが、捨之介、蘭兵衛、二郎衛門が現れて行く手を阻む。別の方向に走る邪鬼丸と泥飾の前に三五が登場。行く手を阻む。うなる邪鬼丸のかまいたち、三五の頬をかすめる。

三五　（邪鬼丸に）さ、逃げ道はこちらです。

一同　おい。

泥飾　おぬし、名は。

三五　小田切三五。しんがりは引き受けました。

泥飾　覚えておくぞ、三五。

走り去る邪鬼丸と泥飾。後に続く三五。

三五　ふ、強い者にはやられろ、だ。（走り去る）
兵庫　なに、いばってんだよ、ばか！
捨之介　……仕方ねえ。ありゃ病気だ。
極楽　では、私達はこれで。ごきげんよう。
女達　ごきげんよう。（立ち去ろうとする）
捨之介　ごきげんようって、どこ行く気だ、極楽。
極楽　（立ち止まり）……なぜそれを。（頭巾をとる）さすがは玉ころがしの捨之介さんだ。この変装をよく見破った。
女達　さすがだ。（頭巾をとる）
捨之介　誰だってわかるよ、そんなの。
兵庫　あーっ、てめえは極楽太夫ーっ!!
捨之介　ばかー!!
兵庫　お前達、どうして鉄砲なんか!?
極楽　私たちは雑賀党《さいか》の生き残り。このくらいはわけはない。
捨之介　雑賀党だと。あの鉄砲衆のか。どういうこった。
蘭兵衛　見てのとおりだ。こいつらは秀吉に逆らって滅ぼされた雑賀党の娘たちだ。西に住めなくなってここまで流れてきた。
兵庫　鉄砲衆……。

二郎衛門　みんな、いろいろあるのお。
兵庫　捨之介、なんでこの女が髑髏党につけ狙われなきゃなんねえんだ。
極楽　髑髏城の絵図面を持ってるらしいよ。
沙霧　あ、しー、しー。
捨之介　なるほどな。見せてみろ。

抵抗する沙霧だが、捨之介の表情に懐から絵図面を取り出す。
捨之介、絵図面を眺めると蘭兵衛に渡す。

蘭兵衛　これは……ただの絵図面じゃないな。髑髏城の抜け道から何から全部書いてある。
沙霧　……設計図だ。
二郎衛門　そうか。今から大坂相手にどでかい喧嘩仕掛けようというときだ。城の絵図面なんぞが敵方に渡っちゃあ、そりゃまずいぞ。
極楽　大坂？
二郎衛門　なんでも二十万近い兵を率いて、関東に向かっとるらしい。浪速の猿が。
極楽　二十万……。
蘭兵衛　いよいよ関東潰しか……。
捨之介　潰したいのは、天魔王だろう。誰でもいい。奴の首をとったら金五百枚。賞金までかけてるらしいからな。

二郎衛門　ああ、そんな噂は聞いたことがあるぞ。
兵庫　秀吉に、天魔王。俺たちゃその板挟みか。冗談じゃねえ。
蘭兵衛　沙霧だったな。どこで手に入れた。その絵図面。
沙霧　……手に入れたんじゃない。元からうちのもんだ。
蘭兵衛　うち？
極楽　さっき、赤針斎がどうとか言ってたけど……。
捨之介　赤針斎？　あの、熊木赤針斎か。
兵庫　せきしんさい？
捨之介　築城術、城を築くことにかけちゃあ右に出る者なしと言われた天才だ。
二郎衛門　そうか。髑髏城は一夜にして築かれたと言われとるが、なるほど、赤針斎殿の仕事なら得心がいく。が、その絵図面を、どうして。
沙霧　……恐くなったんだよ。天魔王が。秀吉の軍に負けない城を。その気持ちで作ってたのに、天魔王は、こっちが思ってた以上に恐ろしい男だった……。
蘭兵衛　仕事が終われば皆殺しか。死人に口なし。あいつらしいやり口だ。
極楽　……みんな、やられたらしいよ。さっき、あのさいてー野郎が言ってた。
兵庫　たまんねえなあ……。
沙霧　……三河の徳川家康の元に走って、お前だけでも命を救ってもらえって。家康なら調子のいい奴だから適当にべんちゃら言っときゃなんとかなるって、そう、じいちゃんが……。なのに、結局……。みんな、ばかだ。

駆け出そうとする沙霧。

捨之介　どこに行く。
沙霧　どこでもないよ。
捨之介　敵討ちか。やめとけやめとけ、柄じゃねえ。
沙霧　お節介だねえ。何のつもり。
捨之介　俺は、俺以外の男が女泣かせるのを見ると我慢ができないんだよ。
沙霧　ふん、言ってな。
蘭兵衛　……前門の髑髏、後門の秀吉か。ここも潮時かもしれんな。
二郎衛門　また、戦《いくさ》になるか……。
極楽　蘭兵衛さん、あたしら戦うよ。もうどこにも行けないもの。戦で村を焼かれてボロボロになって、この関東に流れ着いて、やっと作ったこの街なんだ。この無界が最後の砦。ここがなくなったら、どこに行ってもおんなじ。腹は決めてるよ。

女達、うなずく。

蘭兵衛　髑髏党二万人相手にどう戦う。
兵庫　決まってらあ。二万回ぶん殴るだけのことだ。

蘭兵衛　兵庫。
兵庫　なに、おじけづいてるんだ。髑髏党二万人、秀吉軍二十万人。あわせて二十二万回、ぶん殴ればすむだけのことじゃねえか。
蘭兵衛　無茶を言うな。
兵庫　おいおい。無茶を通すのが俺達傾奇者だろうが。そんな言葉は馬の耳の大仏だぜ。
捨之介　念仏だな。
兵庫　（気にせず）いいか、よーく覚えとけ。この無界の里を護るのは、桓武平氏の流れを汲んだ坂東武者の、この関八州荒武者隊だ。いーや、とめても無駄だ。惚れた女を護るためでっけえ敵と戦う。男冥利に尽きるってもんだぜ。な、太夫！

と、そこに現れる礒平。

礒平　なに、格好つけとるだ、ひょう六。
兵庫　あ、あにさ。
一同　あにさ？
兵庫　あ……。
礒平　やっと見つけただに。何が桓武平氏だ。おめさは、ただの水飲み百姓のせがれでねえだか。さ、村さけえっぺ。おっとうもおっかあも待っとるだに。
兵庫　ど、どなたさまですかね、あなたさまは。

礒平　とぼけても遅いだに。おめさのあにさの礒平だ。ほれ、この顔忘れただか。村のもんもみんなおめえの罪は許す言うとるだ。さ、けえっぺ。
兵庫　もう、やだなあ。おじさん、何か勘違いなさってる。俺は兵庫。
礒平　うんにゃ、おめえはひょう六だ。おらの目に狂いはねえだ。さ、けえっぺ。ふが。

礒平、兵庫にみぞおちを殴られて気を失う。

兵庫　おや、どうしたのかな。気分でも悪くなったのかな。おめえ達、このおっさんを向こうに連れていけ。
荒武者隊　へ、へえ。

気絶した礒平を連れていく荒武者隊。

兵庫　と、とにかく、俺はやる。太夫、見ていてくんろ！
極楽　くんろ？
兵庫　…………。（顔色を変えて走り去る）
極楽　（その後ろ姿を見送って）……馬鹿ねえ。
蘭兵衛　まったくだ。恐いもの知らずにもほどがある。
二郎衛門　が、ひょっとしたら、今いちばん武士《もののふ》らしい武士《もののふ》かもしれんなあ。もう少し厄介になるぞ、

蘭兵衛　蘭兵衛殿。（立ち去る）
捨之介　……あの狸親父、何を考えてることやら。
蘭兵衛　敵に回るつもりならとっくに回ってるだろうさ。
捨之介　しかし……。
蘭兵衛　ここは兵庫が言うとおりかもしれねえな。こんないい街潰されてたまるかよ。
捨之介　いい街？
蘭兵衛　ああ、女達はべっぴんで男達はみんな馬鹿。こんな街はそうざらにはねえぞ。おめえにしちゃあ上出来だ。
捨之介　そうかな。
蘭兵衛　ああ。
捨之介　いい街か……。やってる本人がわかってねえようじゃ仕方ねえなあ。
極楽　蘭兵衛さん……。
捨之介　いいか、蘭兵衛。二日で戻ってくる。それまで、下手に動くんじゃねえぞ。てめえの心にどんな波風が立とうが、知らぬ顔の蘭兵衛を決め込め。わかったな。
蘭兵衛　何企んでる。
捨之介　秀吉よりも先に天魔王を倒す。それが、この街を護る最後の手だ。先走るなよ。いいな。

言い残して立ち去る捨之介。

沙霧　……（蘭兵衛に）あんた達、どういう関係？
極楽　おや。気になる？
沙霧　べ、別に。
蘭兵衛　詮索はいいからさっさと寝ろ。部屋は用意してある。太夫、案内を頼む。
極楽　わかったわ。おいで。
沙霧　はいはい。

女達、立ち去る。

蘭兵衛　（一人残り）……浮世の義理をすべて流して三途の川に捨之介、か。強いなあ、お前は。さて、この無界屋蘭兵衛は、いったい何を護るのか。女を捨て意地を捨て昔を捨て殿を捨てて拾った命だ。安くはないぞ、天魔王……。

一人つぶやきながら立ち去る蘭兵衛。
立ち去った筈の沙霧、その後ろ姿をいぶかしげに眺めている。

第一幕——幕

第二幕

天魔の御霊天魔王

第四景

とある山奥。暗闇。
カーン、カーンと刀を打つ音。明るくなる。自分の打った刀に見ほれている刀鍛冶。顔に無数の刀傷。贋鉄斎《がんてつさい》である。横に大きな砥石。

贋鉄斎　美しい、刀とはまっこと美しい。が、刀には美しい刀とそうでない刀がある。わかるかな！

と、闇に刀を向ける。
その声に引かれるように泥帥とその部下の雑兵現れる。

贋鉄斎　美しいのは、俺が打った刀。そうでないのは、他の野郎が打った刀というわけだ。ここで一句。へぼ刀　負けるな贋鉄　これにあり。ふはははは。

泥帥　やれ。

泥師達、刀を抜いて贋鉄斎を取り囲む。

贋鉄斎　(その刀をじっと見つめる)……貴様ら。
泥師　ふふふ。死ね、贋鉄斎。
贋鉄斎　ふざけるな！　何だ、そのなまくら刀は!!
泥師　え？
贋鉄斎　貸せ。いいから貸せ。貸せっつってんだよ。
泥師　は、はい。

贋鉄斎の剣幕に、思わず刀を渡す泥師と雑兵達。

贋鉄斎　(刀を振るって刃を見る)あー、駄目だ。なっちゃねえなあ、まったく。なんだ、この焼きは。こんなもので人が斬れるか、ふざけるな！
泥師　(その勢いに)あ、すいません。
贋鉄斎　こんな刀で人斬りに来るその腐った根性、まったくもって度し難い。土下座しろ。打ち直してほしかったら土下座しろ。「贋鉄斎さま、綺麗な刀にして下さい」と土下座しろ。

土下座する泥師と雑兵。

泥帥　綺麗な刀にして下さい。
贋鉄斎　贋鉄斎様！
一同　贋鉄斎さま〜。（再び土下座する）
贋鉄斎　（ぽいと刀を捨てる）やだ。
泥帥　え。
贋鉄斎　この刀はだめ。もー、根本的にだめ。根っからだめ。手遅れ。
泥帥　そ、そんな……。
贋鉄斎　こんなもので人が斬れるものなら、斬ってみろよ。こんな刀、人間はおろか大根一本斬れやしねえよ。こんなものはなあ——。

贋鉄斎、刀を手に振り回す。ズバズバと雑兵、斬られて倒れる。雑兵、消える。

泥帥　ああ！　お前達！
贋鉄斎　……意外と斬れるな。（スタスタと奥に行く）
泥帥　斬りっぱなし？　フォローなし？　どこ行くの。

贋鉄斎、飯の膳を持って戻ってくる。

泥帥　ごはん？　この状況でごはんなの？

贋鉄斎　腹が、減ったのだよ。

と、砥石を食卓代わりにして上にお椀を置く贋鉄斎。食事を始める。

泥帥　ぬぬぬぬぬ。あくまでも自由人なそのライフスタイルも、今終わりにしてあげましょう。

火縄銃を取り出す泥帥。

贋鉄斎　（食事しながら）しつけえ野郎だなあ。なぜだ。なぜ俺を狙う。なまぐさ坊主に恨みを買う覚えはないぞ。
泥帥　すべては天魔王様のご意志。
贋鉄斎　天魔王？　なんだ、そりゃ？
泥帥　知る必要はあーりません。さすがに鉄砲にはかなわないでしょう。念仏唱えてあげるから往生なさい、贋鉄斎。（と、銃を撃つ）

泥帥が打った瞬間、持っていた箸で、弾丸をつまむ贋鉄斎。

泥帥　ええ⁉
贋鉄斎　（そのまま箸を口の中に入れ、もぐもぐと噛む。が、顔をしかめて吐き出す）まずい。

泥帥　そんな無茶苦茶な。

そこに刀を抜いて飛び込んでくる捨之介。

捨之介　贋鉄斎！
泥帥　あ、捨之介。
捨之介　泥帥、てめえ。
泥帥　くっそー、覚えてらっしゃい。

煙玉を投げると、走り去る泥帥。

贋鉄斎　知り合いか。
捨之介　さすが、天魔王だ。指図がはええ。
贋鉄斎　さっきからよく、その名前が出てくるな。なんだ、その天魔王ってのは。
捨之介　贋鉄斎、お前、安土城で南蛮物の鎧を見たことがあるか。
贋鉄斎　南蛮物？
捨之介　ああ、どんな刀も、鉄砲の弾さえも弾き返す無敵の鎧だ。
贋鉄斎　ああ、あれか、あの風呂椅子とかなんとかいう南蛮人が持ち込んできた……。毛唐もなかなかやるもんだな。こう、節々にバネが入っていてな、人の力を倍にする。さすがに、七

捨之介　つの海を股にかける奴らだ。面白いことを思いつく。その無敵の鎧に身を包み、もう一度信長公の夢をかなえようとしている男。それが天魔王だ。俺と同じ、信長公の亡霊だよ。
贋鉄斎　……人《じん》の男か。
捨之介　ああ。
贋鉄斎　……随分となつかしい名前だな。
捨之介　贋鉄斎、頼みがある。刀を一振り打ってもらいたい。すべての物をぶったぎる刀だ。たとえ無敵の鎧だろうと、一太刀でたたっ斬る。どうだ。
贋鉄斎　なるほど。お前がその注文をしに来るのを恐れて、奴は刺客をはなったというわけか。
捨之介　多分な。
贋鉄斎　しゃらっと言うなあ。じゃ、俺が命狙われたのはお前のせいじゃねえか。
捨之介　早く言えばな。もっとも……。
贋鉄斎　――もっとも相手が人《じん》の男なら、味方につかなきゃどっちにしろ殺されるってとこだ。
捨之介　わかってるじゃねえか。どうする。
贋鉄斎　めんどくせえなあ。めんどくせえが、面白え。
捨之介　おう。
贋鉄斎　ま、てめえの頼みなら断れめえよ。
捨之介　……しかし、お前に鉄砲の弾、箸で挟むなんて芸当ができるとは思わなかった。銃声が聞こえたんで焦ったぞ。

贋鉄斎　ばかか、お前は。そんなことが人間にできるわけねえだろう。弾ならばここにひっついてるよ。（砥石を指す）こいつは強力な磁石になってる。弾はこれに引かれてくっついた。

捨之介　俺は取る真似をしただけだ。ああいう輩《やから》にはハッタリが一番だ。

贋鉄斎　磁石？（近づくと刀がくっつく）あ。

捨之介　よせよせ。ちょっとやそっとの力じゃあ取れんぞ。代われ、こつがあるんだ、こつが。

贋鉄斎　こんな砥石、何の役に立つんだよ。

捨之介　〝よく斬れる刀を研ぐ力〟養成砥石。

贋鉄斎　は？

捨之介　刀を研ぐにも力がいる。それをこいつで養うのよ。（捨之介の刀を無理矢理引き剥がすと、勢い余って自分の顔を傷つける）あたたたた。

贋鉄斎　……お前、その顔の傷、そうやってつけたんじゃねえだろうな。

捨之介　それが刀に人生を捧げた男の勲章。

贋鉄斎　言ってろ。……贋鉄斎、頼んだ刀で何人斬れる。

捨之介　ばか、一人に決まってるだろ。無敵の鎧一つだけ。その前に刃こぼれはおろか血糊一つついても斬り損ねるだろう。斬ったあとも刃こぼれがひどくて使い物にはならんだろうな。

贋鉄斎　そうか。……じゃあ、百人斬れる刀が打てるか。

捨之介　無理だな。斬って五人、突いて十人。いくら名刀だろうと血糊や人の脂がつけば木刀と同じだ。……が、一つ手はある。

贋鉄斎　どんな。

贋鉄斎　……内緒だ。
捨之介　なんで。
贋鉄斎　めんどくさい。ものすごくめんどくさい。
捨之介　じゃ、いいや。
贋鉄斎　待て、こら。聞きたくないのか。
捨之介　だって、めんどくさいんだろ。
贋鉄斎　待て。せっかく思いついた妙案だ。聞きたいだろう。
捨之介　いや、それほどは。
贋鉄斎　聞けよ。な。聞いて下さい。お願いします。
捨之介　そこまで言うなら。
贋鉄斎　（偉そうに）斬るたびに研ぐ。突くたびに打ち直す！
捨之介　…………。（去ろうとする）
贋鉄斎　待て、待てってば。俺もついていくぞ。
捨之介　無事じゃすまねえぞ。
贋鉄斎　どうせ狙われた身だ。ここにいても危ないのは同じ。無敵の鎧と必殺の斬鎧剣《ざんがいけん》、どっちが勝つか、こいつは見物だな。
捨之介　斬鎧剣？
贋鉄斎　ここで一句。鎧斬る　剣《つるぎ》と書いて　斬鎧剣。うむ。
捨之介　…………。（首をかしげている）

贋鉄斎　一晩あれば斬鎧剣は打ち上がる。その辺で待ってろ。
捨之介　……いや、どうも胸騒ぎがするんでな、一足先に戻ってる。俺の居場所はここだ。（と、紙切れを渡す）待ってるぞ。

駆け去る捨之介。

贋鉄斎　相変わらず気ぜわしい奴だ。さあて、めんどくせえが、いっちょやるかよ。

と、横からひょいと転がってくる爆弾。

贋鉄斎　ん？　爆薬？

泥帥、ひょいと顔を出すと、バイバイと手を振りすぐに引っ込む。

贋鉄斎　あ、貴様。

捨てようと爆弾を持つが、すぐに爆発する。大爆発。炎にのまれる贋鉄斎。

――暗転――

第五景

その夜。天空に輝く巨大な満月。
髑髏城門前。髑髏の面をつけた雑兵達が闇に蠢いている。予期せぬ人物の襲来にざわついているのだ。
月影に立つ蘭兵衛、長いキセルをふかしている。

蘭兵衛 いい月夜ですなあ。こんな夜は忘れた筈の胸の想いが蘇り、妙に血潮が騒ぎだす。

刀を抜く髑髏党の兵達。

蘭兵衛 やれやれ。どうやらそんな風流は解せぬ御仁ばかりのようだな。もっとも野暮はこちらもご同様か。

と、蘭兵衛、火玉もポンと落とすと、キセルの雁首を引き抜く。反対は槍の穂先になっている。長キセル、手槍になる。

襲いかかる鉄機兵。

蘭兵衛　野心に生きるは遅すぎる、男に生きるはうぶすぎる、夢に生きるはせつなすぎる、すぎたる我が身の亡八稼業。——粋じゃねえよなあ。

言いながら鉄機兵を全員うち倒す蘭兵衛。
そこに現れる龍舌丸。

龍舌丸　さすがは無界屋蘭兵衛殿。
蘭兵衛　お前では話にならない。天魔王に会わせろ。
龍舌丸　話と？
蘭兵衛　商売の話だよ。亡八とはいえ商人《あきんど》のはしくれだ。命をかけて動くとすりゃあ、商売の話にきまってるだろう。
龍舌丸　ふふ。で、何を商売しようというのかな。
蘭兵衛　鉄砲三百挺。
龍舌丸　なにい。
蘭兵衛　聞こえなかったかな。鉄砲三百挺。そいつを天魔王に献上したい。性能ならば、お前達のところの邪鬼丸と泥帥が、充分に承知している筈だ。
龍舌丸　……雑賀の女達か。

蘭兵衛　聞いているなら話は早い。

龍舌丸、刀に手をかける。

蘭兵衛　何のつもりだ。私を倒して、手柄を自分のものにしようという腹かな。やめておけ。天魔王と私の仲を知らぬわけでもないだろう。私を手にかければ飛ぶのは貴様の首だぞ。
龍舌丸　さて、それはどうかな。
蘭兵衛　ほう。
龍舌丸　天魔王様は、常に前を見ておられる。いつまでも、昔の縁《えにし》に引きずられるお方ではない。

龍舌丸、刀を抜くと蘭兵衛に襲いかかる。
手槍で受ける蘭兵衛。
と、そこに胡蝶丸登場。

胡蝶丸　よせ、龍舌丸。天魔王様はとてもお怒りだ。

仮面の天魔王、巍岩を引き連れて登場。

蘭兵衛　天魔王！

魏岩、龍舌丸の刀をたたき落とす。

龍舌丸　（土下座して）お、お許し下さい。

天魔王、龍舌丸を引き起こすと激しく打擲。

天魔王　身の程を知れ、龍舌。

蘭兵衛　もういい、やめろ。

天魔王、蘭兵衛の方に振り向くと仮面をとる。その素顔は、捨之介に瓜二つである。

蘭兵衛に笑いかける天魔王。

天魔王　来てくれると思ったぞ。らんま……。

蘭兵衛　蘭兵衛だ。無界屋蘭兵衛。

天魔王　まだ、その名を言い張るか。頑固な奴だ……。

と、人の気配に気づく天魔王。魏岩が駆け寄ると闇の中から、沙霧が転がり出る。

蘭兵衛　沙霧、お前！

逃げようとする沙霧だが、巍岩に取り押さえられる。

沙霧　捨之介！　なぜだ、なぜ、お前が⁉
蘭兵衛　ばかが。どうしてついてきた。
沙霧　あんたの態度が怪しかったからだよ！（天魔王に）何が女の味方だよ！　結局ただの二枚舌か、え、このろくでなし‼
天魔王　誰に向かって物をお言いかな。お嬢さん。

天魔王、顔は笑顔だが激しく沙霧を殴る。
気絶する沙霧。

天魔王　……続きは奥だ。こい。
蘭兵衛　…………。

天魔王を先頭に城内に入る一同。気絶した沙霧は巍岩が抱えていく。

☆

髑髏城天守閣。

入ってくる天魔王と蘭兵衛。後に続く龍舌丸、巍岩。

蘭兵衛　さっきの女、どうするつもりだ。

天魔王　(耳をかさず) 龍舌。

龍舌丸、絵図面を広げる。合戦の陣地図だ。

天魔王　秀吉の軍勢二十余万、まもなく駿府に入るぞ。いよいよ関東征伐だ。

蘭兵衛　もう、そこまで。

天魔王　いいか。(と、図面を指し) ここが髑髏城、ここが小田原城、猿が陣を開くとすればこの石垣山だ。対する関東髑髏党二万。数の上では、圧倒的に不利だ。が、それもすべてこちらの策。秀吉のバカめ。まんまとこちらの誘いに乗りおった。

蘭兵衛　誘い？

天魔王　今、豊臣の軍は関東に集中している。大坂は丸裸の状態だ。この隙をついて、一気に大坂を叩く。

蘭兵衛　しかし、そんな軍がどこに。

天魔王　海だよ。

蘭兵衛　海？

龍舌丸　エゲレス海軍、スペイン無敵艦隊を破り、この黄金の国ジパングに向けて航海中にございます。

天魔王　エゲレスだと。

蘭兵衛　その話をつけるのに八年かかった。奴らには九州をくれてやる。もともと金と力で大名達を押さえてきた秀吉だ。肝心の大坂城を失えば、毛利も上杉も、第一あの家康がおとなしくしていると思うか。この世は再び、戦国の世に戻るぞ。わくわくするなあ。なあ、蘭兵衛。

天魔王　やめろ！　……やめてくれ。今日はそんな話をしに来たわけではない。

蘭兵衛　……商いの話か。聞いている。鉄砲三百挺。それで私から何を買う。

天魔王　無界屋の女達と沙霧、その命。

龍舌丸から金箔の器に入った赤い酒をもらい、一口飲む天魔王。

蘭兵衛　……仲間の命乞いか。

天魔王　あやつらがいたから、とにもかくにもここまで生きていた。今度は私の番だ。豊臣軍を迎え撃つのにまんざら悪い話ではなかろう。

蘭兵衛　聞こえぬなあ。

天魔王　……そうか、ならば。（と懐に手を突っ込む）

蘭兵衛　（と、蘭兵衛の手を押さえ）ならば、どうする。

天魔王、蘭兵衛の手を引きずり出す。その手に握られているのは短筒。

天魔王　……ふ、私を撃つか。撃って自分も死ぬか。そんなことのために、殿はお前の命を救ったのか。（短筒をもぎ取ると蘭兵衛を突き飛ばす）

蘭兵衛　撃て。

天魔王　ああ、撃とう。貴様が無界屋蘭兵衛ならば、私は容赦なく貴様を撃ち殺す。が、そうではない。女を捨ててまで殿に忠義を誓ったお前がむざむざ生きさらばえてきたのは、ここでこの私に殺されるためではない筈だ。

蘭兵衛　なに。

天魔王　気づいているのだろう。己自身でも。天下人などと思い上がっている秀吉への怒りを。あやつがやっているのは、すべてあの御方の、信長公の真似ではないか。猿は猿。しょせんは猿真似にすぎん。

蘭兵衛　しかし、大殿の名を使っているのはお前も同じじゃないか。

天魔王　違うな。私は私であって私でない。天魔の御霊《ごりょう》。第六天より舞い戻った悪霊だ。この面を見ろ。この顔に覚えはないか。

蘭兵衛　（髑髏の仮面を手にとり）……まさか、これは。

天魔王　そうだ。これこそ信長公のしゃれこうべ。骨をつなぎ合わせ仮面にした。天魔王は私であって私でない。志半ばで倒れた殿の怨念の化身だ。お前と一緒だ。そうだろう。

蘭兵衛　どういう意味だ。

天魔王　とぼけるな。お前のその数珠が、殿の骨を削って作ったものだということはわかっている。

蘭兵衛　それは……。
天魔王　未練よのう。殿の遺骨を首にかけそれで供養のつもりか。
蘭兵衛　……………。
天魔王　さあ、これを飲め。この盃もそうだ。殿の骨をつなぎ合わせて作ったものだ。この酒こそ、あの御方の血。俺達の中で永遠に殿は生き続ける。あの御方の夢は俺達が描く。そうだろう。鉄砲三百挺、そんなものはいらぬ。私が欲しいのはただ一人、お前だ。森蘭丸。

蘭兵衛、盃をとり一気に飲み干す。口元が鮮血をすすったように紅く染まる。

天魔王　見事だ。

巍岩、沙霧を引き連れてくる。

沙霧　よせ、はなせ。（蘭兵衛に気づき）蘭兵衛、どうしたの……。
蘭兵衛　無界屋蘭兵衛は死んだ。今の私は亡霊だ。森蘭丸。その名前で朽ちたはずの怨霊だ。
沙霧　森……蘭丸。
天魔王　（からからと笑い）よくぞ言った、蘭丸。（刀を差し出し）さあ、斬れ。その女を。
沙霧　なにぃ。
天魔王　今宵は宴。その女の血は、おぬしの黄泉《よみ》がえりの宴にふさわしい。人斬りお蘭と呼ばれたその太刀さばき、久しぶりに見せてくれ。

蘭兵衛、刀を受け取ると沙霧を見つめる。

じりじり下がる沙霧。

沙霧　まったく、侍ってえのは、どいつもこいつも身勝手なもんだよ。てめえらの思惑だけで世間が回ると思っていやがる。この城に連れ込んであたしを閉じこめたつもりだろうが、一つだけ教えとくよ。この城は、あたしの庭だ。

突然、かき消える沙霧。驚く一同。

天魔王　うろたえるな。抜け道に逃げ込んだだけだ。（龍舌丸と魏岩に）追え。あの熊木流の女、この城から決して生きては出すな。

龍舌丸　御意。

沙霧を追って駆け去る龍舌丸と魏岩。

立ち去る蘭兵衛。

胡蝶丸が現れる。

胡蝶丸　天魔王様。
天魔王　どうした。
胡蝶丸　……さきほどエゲレスよりの知らせが。
天魔王　おお、待っていた。（歩み寄ると胡蝶丸より手紙を受け取る）……なにぃ。（顔色が変わると足早に立ち去る）

後に続く胡蝶丸。

☆

髑髏城内。
沙霧を追う龍舌丸と鉄機兵。
その前におぼろに浮かぶ沙霧の影。

龍舌丸　追え！

と、追おうとするが今度は別方向に彼女の姿が見える。

龍舌丸　違う、こちらだ。

右往左往する鉄機兵。

沙霧（声）　言ったはずだよ。この城は、熊木の城だ。
龍舌丸　ええい、ちょこまかとこざかしい。

そこに現れる邪鬼丸。

邪鬼丸　ふん、どうした龍舌。いつもは能面顔のお前が今日はいやに焦っているな。
龍舌丸　おぬしには関係ない。
邪鬼丸　功を焦って、天魔王様の怒りを買ったらしいじゃないか。その失点を取り戻したいというわけか。
龍舌丸　貴様を相手にしている暇はない。続け。

鉄機兵を率い駆け出す龍舌丸。

邪鬼丸　ふん。

と、こちらは逆方向に立ち去る邪鬼丸。
ゆっくりと壁から顔を出す沙霧。

沙霧　けっ。そう簡単に捕まってたまるかよ。

走り出そうとする沙霧の、背後からかまいたち。逃げようとする沙霧。が、そこに再び見えない斬撃。沙霧、動けない。

邪鬼丸が現れる。

邪鬼丸　なるほど。貴様がここまで来れたということは、本当に抜け道はあるようだな。

沙霧　……邪鬼丸。

邪鬼丸　さあ、絵図面を出せ。あ、そうか。命よりも大事な絵図面か。じゃあ、いい。隠してろ。絵図面護って死んだとなれば、地獄で待っている赤針斎達にも面目が立つだろう。お前を斬ったうえで、その身体の隅々まで探してやるわ。

沙霧　……なんて男だ。

邪鬼丸　女を斬るのが大好きな男だよ。

沙霧　…………。（懐から、絵図面を出す）

邪鬼丸　（沙霧から奪い取り確認する）なるほど。確かにこいつだ。（と、沙霧に刀を突きつける）

沙霧　……何をする。

邪鬼丸　何って、斬るに決まってるじゃないか。もう、お前には用はない。

沙霧　……そんなことだろうと思ったよ。

邪鬼丸　おうおう、いい目だ。たまらないね。人が死ぬ前のその目の色は。百姓だろうが、大名だろうが、その瞬間の目だけは変わらない。光秀を斬ったときもお前と同じ目をしていたよ。

沙霧　光秀？

邪鬼丸　ああ、山崎の合戦に負けて逃げる明智光秀の首を落としたのは俺だ。

と、刀を振り上げる邪鬼丸。
そのとき、突然明かりが消える。
暗闇の中、刀が弾き合う音。沙霧、何者かに救われる。

邪鬼丸　くそう！　沙霧、沙霧はどうした。ええい、明かりだ、明かりを持ってこい！

邪鬼丸駆け去る。
暗闇の中に人影が浮かび上がる。
捨之介と沙霧だ。髑髏城の闇に潜む二人。

捨之介　大丈夫か、沙霧。

沙霧　お、お前！（刀を抜いて斬りつける）

捨之介　よせ、やめろ、俺だ、捨之介だ。

沙霧　もう、騙されないよ。

捨之介　待て、落ち着け。

沙霧　さわるな！　大したもんだよ。あんたが天魔王だったとは、さすがに見抜けなかった。
捨之介　……あったのか、天魔王に。見たのか、奴の顔を。蘭兵衛はどうした、奴の手に落ちたか。
沙霧　何、すっとぼけてやがる。でもね、そうそう思うようにはさせないよ！

捨之介に襲いかかる沙霧。動かない捨之介。彼の腹に沙霧の刃が突き刺さる。

沙霧　……あ。（狼狽する）
捨之介　……気はすんだかい。
沙霧　……あんた、わざと。……なんで。
捨之介　こうでもしなきゃ、てめえの頭は冷えねえだろう。
沙霧　（刀を捨て）……あたし、何がなんだか……。
捨之介　いいか、俺のツラぁよく見ろ。どうだ、本当に俺が天魔王か。確かに似たようなツラぁしてるだろう。でも、この俺とそいつは何から何までおんなじか。本当にそう見えるのか。
沙霧　…………。
捨之介　これでも、お前を助けに来たつもりなんだがね。
沙霧　…………。（黙って捨之介の胸にすがりつく）
捨之介　よしよし、もう大丈夫だ。（手足を絡ませる）
沙霧　な、何すんの。（と、振り払う）
捨之介　お、すまんすまん。身体が勝手に動くんだ。

沙霧　……あんた、その傷。
捨之介　ああ、これか。（懐から握り飯の包みを出す）お前のおかげで、晩飯がぱあだ。
沙霧　あー、だ、騙したわね。
捨之介　しー、声がでけえ。
沙霧　まったく、心配したじゃないの。
捨之介　女からは刺され慣れてるからな。備えあれば憂いなしだ。
沙霧　……でも、よくここが。
捨之介　あんまり人を走り回らせるな。無界に戻っててめえの姿が見あたらねえから、こんなことじゃねえかと思ったぜ。蘭兵衛はどうした。
沙霧　……寝返ったよ、天魔王に。蘭兵衛じゃない。森蘭丸だって言ってた、人斬りお蘭だって……。
捨之介　……馬鹿野郎。だから言ったじゃねえか。
沙霧　説明してよ。天魔王って何者。あいつとあんた、蘭兵衛、いったいどういう関係なの。
捨之介　……昔、といっても八年ほど前のことだ。ある男が殺されちまった。天下を狙っていた男だった。が、その夢がもう少しでかなうところで、てめえの部下に足下すくわれちまった。
沙霧　……信長だね、織田信長。
捨之介　そのとおりだ。俺と天魔王は信長の影武者だった。ただの影武者じゃねえ。信長が天なら、俺が地、奴が人《じん》。俺は地に潜り世間を探り、奴は人の心を掴む。俺と奴とで天の男を支えてたって寸法だ。天地人、三人の信長ってとこだな。が、それも天あってのこと。信長が

沙霧　死んで、奴はどうやら自分も天になれると勘違いしちまったらしい。自分の分も知らずにな。……行くぞ。ここまでくりゃあ、もう逃げられる。
捨之介　……覚えてるのかい、抜け道を。
前に見たからな、絵図面を。

そこに現れる巍岩。

巍岩　その女、渡して貰おうか、捨之介。

遅れて現れる龍舌丸。

巍岩　遅いですぞ。龍舌丸殿。
龍舌丸　巍岩か、助かる。
捨之介　けっ、いいとこで邪魔する野暮天どもが。（刀を抜くと、沙霧に）先に行け。
沙霧　でも。
捨之介　蘭兵衛が寝返っちゃあ無界もあぶねえ。一刻も早く兵庫達に知らせろ。俺は野暮用すませて後を追う。
沙霧　でも。
捨之介　でもばっかりだな。少しは信用しろ。

沙霧　……わかった。

行こうとする沙霧。追おうとする魏岩と龍舌丸を足止めする捨之介。と、三五が出てきて沙霧を捕まえる。

三五　そうは、させん。
沙霧　三五。
捨之介　いいところに現れたな。裏切り男。

以下、捨之介は魏岩、龍舌丸と戦いながらの会話。捨之介に足止めされて、魏岩と龍舌丸は沙霧に近づけない。

三五　俺もそう思うよ。二幕は出番なしかと思って帰り支度してた。
捨之介　そんな小さなこと言ってんじゃねえ。ここが、裏切り三五最大最高の見せ場になるぞ。
三五　言っとくが、髑髏党を裏切る気はない。一度裏切った相手にはつかん、それが俺の美学だ。
沙霧　三五。
三五　そんな目をしても無駄無駄。俺に人の心はない。情や義理、忠義、この世のありとあらゆるしがらみから裏切り続ける。それがこの小田切三五だ。（鏡を見て）行け行け、三五。どんと行け。

捨之介　惜しいなあ、もう一息なんだが。
三五　なに。
捨之介　てめえはそれで自由になったつもりかもしれねえが、もう一つ詰めが甘ぇや。だったら、その裏切りの血を裏切ってみな。気持ちいいぞー。
三五　え。
捨之介　それが、あらゆるしがらみから裏切り続けるってことじゃねえのかい、裏切り三五さんよ。
三五　（鏡の中に向かって）……どう思う。
沙霧　鏡に聞くなよ。
三五　鏡じゃない。俺の親友だ。
龍舌丸　斬れ、三五。その女を斬れ。

と、かまいたち。三五の鏡吹っ飛ぶ。邪鬼丸出てくる。

三五　ああ!!
邪鬼丸　何をもたついている。だったら、奴ごと斬ればいいだけのこと。
三五　邪鬼丸、貴様。
邪鬼丸　どうせそんなさんぴん。最初から使い捨て。それが髑髏党のやり方だろう。死ね！
捨之介　（かまいたちを刀で弾いて）そうはいかねえ。てめえのかまいたちは見切った。こいつらに手出しはさせねえ。

邪鬼丸　くそう。（かまいたちを放とうとする）
捨之介　見切ったっつってるだろう。（と、鞘を使って見えない鉄線をからめ取る）
邪鬼丸　なに⁉（突然、刀が動かなくなる）
捨之介　どうやら、思ったとおりだな。風で斬るとか言ってたが、じゃあ、今ここに巻きついてるものは一体なんでえ。こいつは南蛮鉄の糸だな。
邪鬼丸　貴様。（身動きができない）
捨之介　居合いに見せかけて、刀の先に仕込んだ鋼の糸を鞭のように振るって敵を斬る。そいつがかまいたちの正体だ。（と、刀で鉄線を斬る）
邪鬼丸　うわ！（体勢を崩して転がる）。
捨之介　こんなふうにな。（鉄線をヒュンと振って巍岩、龍舌丸を牽制）どうだ、腹は決まったか、三五。
三五　ここで裏切ると、十中八九死ぬだろうな。
捨之介　みんなはそれを期待してるだろう。
三五　その期待、絶対裏切ってやる。来い、沙霧。
沙霧　でも。
捨之介　行け、沙霧。そいつは、生き残ることにかけちゃあ達人だ。そいつにくっついてきゃ死にはしねえ。
沙霧　捨之介！

沙霧、三五に押されるように走り去る。

捨之介　どけどけ、けがするぞ。

ヒュンヒュンと見えない鉄線を振るって駆け抜けようとする捨之介。
そのとき、銃声。傷を負い転がる捨之介。

捨之介　しまった！

短筒を構えた蘭兵衛と仮面の天魔王登場。
その後からは泥帥、胡蝶丸も出てくる。

天魔王　何を手間取っている、お前達。
蘭兵衛　無駄なあがきはやめろ、捨之介。
捨之介　……蘭兵衛、お前。
蘭兵衛　蘭兵衛ではない。……ここにいるのは天魔に魅入られた亡霊だ。本能寺の業火に焼かれた筈のな。（黄金の盃で赤い酒を飲む）
捨之介　……その匂い。薬を入れやがったな。（天魔王に）てめえ、こいつらを薬で……。
胡蝶丸　芥子の実をつけこんだ南蛮渡来の夢見酒。一口すすればこの世は極楽に変わる。

捨之介　蘭兵衛、わからねえのか。こいつに天は支えきれねえ！（天魔王に打ちかかる）
天魔王　こざかしいっ！（捨之介の攻撃を跳ね返す）
捨之介　ちぃ！　こいつじゃ無理か。
天魔王　捨之介、贋鉄斎は死んだぞ。
泥帥　あの親父は、私の爆薬でお陀仏。残念でしたねえ。
捨之介　なんだと。……つくづく能天気な奴らだぜ。本当に秀吉に勝てると思ってるのか。
天魔王　勝てる。
邪鬼丸　確かに秀吉は強い。が、南蛮にはもっと強い国がいくらでもある。髑髏党とその国が手を組めば恐いものなしだ。
捨之介　ばかな。今、南蛮の連中呼び込んだら、乱世は治まらねえぞ。
天魔王　治まる必要はない。
胡蝶丸　一度、地獄の炎で燃やし尽くしてからでないとこの国は治まらぬ。それが天魔王様のお考えだ。
捨之介　何を思い上がってんだ。まったくよぉ！

天魔王の斬撃に刀を弾き飛ばされる捨之介。
襲いかかる巍岩、龍舌丸、邪鬼丸。捨之介ぼろぼろになる。

蘭兵衛　馬鹿な男だ。わざわざ女に刺されていなければ、私の短筒も除けられたものを。

と、捨之介の腹、沙霧に刺されたあたりを刀の鞘でえぐる蘭兵衛。

捨之介　（苦痛に顔をゆがめるが）女を正気に戻すためだ。なんてこたあねえよ。俺を斬って正気に戻るなら、蘭兵衛、てめえの刀だっていくらでも受けてやるぜ。

蘭兵衛　つまらんな。

蘭兵衛、捨之介に斬撃。

捨之介　……ら、ん、べ、え。目を……さま……。

蘭兵衛、ふたたび斬撃。

蘭兵衛　……私は正気だ。

捨之介　…………。（倒れる）

蘭兵衛　あの世に行くときでさえ、あの方は早駆けで一人先に行ってしまわれた。が、もうそんなことはさせん。今度こそ私は天と共に生きる。捨之介、お前にはわからぬよ。

邪鬼丸　とどめだ！

天魔王　（邪鬼丸の顔を摑むと床にたたきつける）のぼせるな、邪鬼丸。

蘭兵衛　この男は、貴様などの手にかかる男ではない。
邪鬼丸　蘭兵衛、貴様、何様のつもりだ。
天魔王　今宵より全軍の指揮はこの者がとる。こやつに逆らうは我に逆らうと思え。
邪鬼丸　ぎ、御意……。
泥帥　蘭兵衛様。沙霧めの後は私が。
蘭兵衛　（うなずき）もうしくじるなよ。
泥帥　は。（片足を倒れている捨之介が摑んでいる）どけ！（ふりほどいて、捨之介を蹴ると足早に立ち去る）
天魔王　魏岩。（捨之介を指し）牢に入れておけ。
蘭兵衛　生かしておくのか。
天魔王　この奴にはまだ使い道が残っている。……来い、蘭丸。お前にもなすべきことがあろう。
蘭兵衛　……。
天魔王　天魔として生きるためには、俗世との縁《えにし》を完全に断ち切らねばなるまい。
蘭兵衛　……そうだな。そのとおりだ。

虚空を見つめる蘭兵衛。
その瞳は昏い。

——暗転——

第六景

夜。無界に近い草むら。
駆け込んでくる三五と沙霧。二人とも矢傷を受けてボロボロ。

沙霧 三五、生きてるか。
三五 ああ、ここで死んだら当たり前の展開だからな。

そこに見回り中の兵庫が登場。

兵庫 誰だ。……沙霧か。
三五 兵庫か。……沙霧、助かった。もう、無界の里だぞ。
兵庫 あ、三五、てめえ、どういうつもりだ。

三五を締め上げる兵庫。

沙霧　待って。これでもあたしの命の恩人よ。
兵庫　恩人？
沙霧　一応ね。

そこに現れる泥帥。

泥帥　見つけましたぞ、お前達。
兵庫　また、お前かよ。
沙霧　畜生、ここまで来ながら。（辺りを見回す）
泥帥　何をしている。捨之介なら来ませんぞ。
沙霧　え。
泥帥　あのにやけ男が天魔王様にかなうと思うか。次はお前達の番。
沙霧　そんな……。
泥帥　やれ。

泥帥の合図で現れる鉄機兵。

兵庫　くそう！

兵庫、立ち向かうが沙霧と三五をかばいながらのため、苦戦する。
と、そのとき、笠で顔を隠して旅支度の贋鉄斎が飛び込んでくると、玄翁で髑髏党の刀を弾き飛ばす。

贋鉄斎　ここで一句。山路来て　何やらおかし　髑髏党。
泥帥　な、なんだ、貴様。
贋鉄斎　この顔を見忘れかな。（と笠をとる）
泥帥　あー、贋鉄斎ー!!　生きてたのか！
贋鉄斎　俺は、自分が打った刀でなきゃ死なねえよ。

刀を構える髑髏党。

贋鉄斎　やめろやめろ。やめておけ。てめえらの刀の刃は全部つぶした。そいつはただの鉄の棒にすぎん。
泥帥　ええい、ひるむな、かかれかかれ。

刀で贋鉄斎を殴りにかかる鉄機兵。

贋鉄斎　あたたたた。しょうがねえ。（背の風呂敷包みから砥石を出す）

髑髏党の刀が全部砥石に吸いつけられる。

泥帥　ぬぬぬぬぬ。何だ、これは。
贋鉄斎　この間の礼はさせてもらうぞ。行け。

砥石を投げると一緒に舞台袖に引っ込む髑髏党。
と、爆発。

泥帥（声）　ぎゃーっ！
贋鉄斎　ふ。その砥石には爆薬が仕込んである。俺のアトリエを爆破したばちだ。
兵庫　あとりえ？
贋鉄斎　ちょっと聞きたい。無界の里はどっちだ。
兵庫　無界？　無界に何の用だ。
贋鉄斎　捨之介という男がいるはずだ。奴に渡すものがある。
沙霧　捨之介に？　あんた、いったい……。

そのとき、無界の里から女達の悲鳴と銃声が聞こえる。

兵庫　なんだ⁉

沙霧　無界はこっちよ。ついてきて！

駆け去る一同。

☆

その少し前。無界の里。

銃を持って警備している極楽太夫達無界の女。おかおとおさほが、山になった銃の点検をしている。

隅で面白くなさそうにしている礒平。

おかお　これもよし。（と、点検済みの銃を置く）

極楽　大変だけど、すぐに使えるようにしといてね。何が起こるかわかんないから。

おさほ　国友の鉄砲鍛冶仕込みよ。このおさほさんにまかせてもらいましょうか。

と、いじっていたおさほの銃が暴発。驚く礒平。

女達、すばやい動きで銃声に反応。一斉におさほに銃を向ける。

おゆき　何やってるの、おさほさん。

おさほ　すんません。

おすぎ　もー、驚くでしょう。
おさと　勘弁してよ、おさほ。
おのぞ　頼むよ、おさほ。
おえり　おさほ。
おかお　さほ。
おえま　ほ。
おさほ　ほ、って……。
極楽　おさほ。限りある銃弾を大切に。
おさほ　まったくもってすんません。
礒平　けっ。
極楽　なに？
礒平　おなごだてらに鉄砲ふりまわして。まったく、兵六のやづ、こったらおなごにだまされて。情けねえったらありゃしねえだ。
極楽　あのねえ。追いかけ回されてるのはあたしのほうなの。ほんとなんとかしてよ、おにいさん。

そこに握り飯とお茶を持って出てくる陰兵衛、健八、目多吉、一朗太、鹿之進。

陰兵衛　はーい、みなさーん、お疲れさまでーす。
目多吉　ご飯の用意ができましたー。

一朗太　心を込めて握らせていただきました。
健八　お茶もありますよー。
鹿之進　茶柱も立ててあります。
女達　おー。
おゆき　ご苦労さん。
おさと　あー、腹減ったあ。

と、口々に握り飯をとる女達。

健八　大兄貴。これ。（握り飯を差し出す）
礒平　大兄貴？
陰兵衛　兵庫兄貴の兄貴なら、俺らにとっちゃあ大兄貴だ。
礒平　やめてけろ。おめえら侍がそったら風に持ち上げるからあのひょうろく玉がのぼせ上がるだ。あいつは一度頭にくるとみさけえがねえ。村の娘を乱暴した野武士ををぶったぎって、村飛び出たのも、それが原因だ。いい加減にするだ。あいつも、おらもただのどん百姓だ。
健八　関係ねえよ。
礒平　へ？
健八　百姓とか侍とか関係ねえ。
目多吉　弱きを助け強きをくじく。それが関八州荒武者隊だ。……兵庫兄貴の口癖だ。

陰兵衛　確かにやるこた無茶苦茶だけど、そこんとこだけは、きっちり筋が通ってる。俺達は、そんな兄貴だからついていってんだ。だから……。
一朗太　だから、連れて帰るなんて言わないで。
鹿之進　兄貴と俺達はずっと一緒だ。
五人　たのんます。

五人、土下座。黙って握り飯を食う礒平。そんな会話を興味深げに見ている極楽。

鹿之進　(沈黙に耐えかねて)……兄貴、おせえな。ちょっと飯だって呼びに行ってくる。(と、立ち上がって行こうとしたその胸に矢が突き刺さる)が！　……な、なんで。(倒れる)
陰兵衛　鹿之進！
目多吉　どうした。
陰兵衛　だめだ……。

抱きかかえるが、すでに死んでいる。

極楽　そんな……。

騒然とする一同。

と、弓を持った蘭兵衛登場。

極楽　蘭兵衛さん！　あんた、何のつもり。

女達、一斉に蘭兵衛に銃を構える。
と、その後ろから現れる人影。顔は捨之介のようだが……。

おすぎ　捨之介。

一刀のもとに斬り殺されるおすぎ。

極楽　な、何するの！

この男、身に鋼の鎧。素顔の天魔王だ。

天魔王　なるほど。さすがは無界の女達だ。どれも皆美しい。だが、その美しさ、関東には無用のものだ。この天魔王が作る関東地獄絵図にはな。

極楽　天魔王？

刀を振るう天魔王と蘭兵衛。女達、銃を構えるがむしろ吸い寄せられるように白刃にかかる。
悲鳴、そしてむなしくあらぬ方向へ放たれる銃撃。

極楽　やめて、蘭兵衛。気でも狂ったの⁉
蘭兵衛　（女達の血で顔を深紅に染めながら）許せとは言わん。が、お前達の流す血が、私の中にたまったしがらみを洗い流してくれる。その赤い血は無駄にはしない。
極楽　勝手なことを！

と、極楽、蘭兵衛と天魔王に銃撃。
が、二人の動きに狙いが定まらない。

礒平　ひいい。（逃げまどう）

その礒平と極楽をかばう荒武者隊の面々。

一朗太　早く逃げて。
礒平　なして、なして赤の他人のおらを。
健八　他人じゃねえ。大兄貴だ。
陰兵衛　それに女や力のねえ者を護るのが俺達、侍だ。

目多吉　こんなところで尻尾まいたら兵庫の兄貴にしかられる。さあ、早く。
極楽　あんた達……。
蘭兵衛　ふん。くだらぬ意地を。

蘭兵衛の斬撃を受ける陰兵衛。

陰兵衛　（それでも立ち上がる）……くだらなかねえ、くだらなかねえぞぉ。あやまり陰兵衛、頭は下げても道はあやまらねえ！
目多吉　逃げ腰目多吉、腰は逃げても心は逃げねえ！
健八　殴られ健八、殴られてもいたくねえ!!
一朗太　従順一朗太、くさった奴には従わねえ!!
四人　それが荒武者隊の心意気だ!!
極楽　（礒平に）逃げて！

礒平、逃げ出す。

天魔王　笑止。貴様らごとき傾奇者が侍を名乗るなど片腹痛い。

天魔王に襲いかかる四人。

その四人を一刀のもとに切り捨てる蘭兵衛。
倒れる関八州荒武者隊の四人。

極楽　……あんたら。（蘭兵衛に銃を向け）それがお前の本性か、無界屋蘭兵衛!!

蘭兵衛　その名は捨てた。最後の縁《えにし》はお前の血で流し去ろう、極楽太夫。（と刀を向ける）

と、銃声。体勢を崩す天魔王。銃を手に二郎衛門登場。

二郎衛門　（立っている天魔王に）……鉄砲もきかんのか。

蘭兵衛　現れましたな、三河殿。

天魔王　いきなり鉛の弾の歓迎とは、隠忍自重が売り物の貴殿らしくない。それとも、その牢人にやつした姿が心根までも無頼に変えるかな。徳川家康殿。

極楽　家康？

天魔王　先日お見かけしたとき、もしやと思い駿府に密偵を送った。案の定、城に家康殿の姿はなかった。たった一人でこの関東を探りに来るとは大した度胸だ。

蘭兵衛　この戦《いくさ》に勝てば、秀吉がぬしにこの関東をくれてやるという話も聞く。おそらくは、その下調べ。そんなところでしょう。

極楽　二郎衛門、あんた……。

二郎衛門　そうか、天魔王、やはり貴様は……。

天魔王　やっとお気づきか。天はおちても影は滅びぬ。いや、今ではこの私こそ天。天下を摑むは猿でもなければぬしでもない。この第六天魔王。
二郎衛門　たわけたことを。（刀を抜く）
蘭兵衛　面白い。いずれどこかで決着はつける身。

対峙する二郎衛門対蘭兵衛・天魔王。
と、一人の忍びが二郎衛門をかばうように飛び出してくる。服部半蔵《はっとりはんぞう》だ。

半蔵　随分と探しましたぞ。お下がり下さい、殿。
二郎衛門　半蔵、とめるな。とめるなとゆーに！
半蔵　いいえ。ここできゃつらと剣を交えれば、それはすでに戦となります。秀吉公の許しもなく開戦する勇み足ととられかねません。殿を護るのが拙者の役目。

二郎衛門をかばいながら、半蔵、天魔王、蘭兵衛と太刀を交える。

蘭兵衛　やるな、名は。
半蔵　笑止。忍びが名を明かすときは死ぬるとき。
二郎衛門　伊賀の頭領、服部半蔵。
半蔵　とのー。

二郎衛門　ばか、お前、こーゆーときはガツンとかましたるんじゃ。ガツンと。
天魔王　ふふん。大名とは不便なものだな。せいぜいそうやって秀吉の御機嫌をとっておくがいい。おぬしの正体知れたとなれば都合が悪かろう。今、ぬしの代わりにその女の首はねてやるわ。

そこに駆け込んでくる沙霧と兵庫、三五。そして贋鉄斎。

兵庫　大丈夫か、極楽！
沙霧　おとなしくここを出ていけ。さもないと。
天魔王　さもないと？
沙霧　兵庫、これを。（刀を渡す）
二郎衛門　無駄だ。こいつの鎧は刀じゃ歯がたたん。
贋鉄斎　そうはいかねえよ。そいつはその鎧を斬るために打った特別製。その名も斬鎧剣。
天魔王　贋鉄斎。
贋鉄斎　ずいぶんと偉くなったもんだな。おめえが天魔王か。
天魔王　（笑い出し）なるほど。この関東に因業因縁、奇《くす》しき縁《えにし》が集まったというわけか。いいだろう。

手を上げると奥から火の手が上がる。
蘭兵衛、天魔王に仮面を渡す。

極楽　火よ。火をつけたわ。
天魔王　熊木の沙霧か。貴様の度胸に免じて面白いことを教えてやろう。捨之介は生きている。髑髏城の牢内で息もたえだえではあるがな。おぬしらと奴と、死ぬのはどちらが早いかな。
兵庫　ばっきゃろう、くたばんのはてめえが先だ！
天魔王　吠えろ吠えろ。（仮面をつける）
蘭兵衛　（二郎衛門に）すぐにこの世は魔天となる。天下が欲しければ最初からやり直すことだ。今度は一から自分の手でな。
天魔王　人間五十年、夢幻の如くなり。第六天魔王が作るこの世の悪夢、たっぷりと味わうがよい。家康殿。

「家康」という言葉に驚く沙霧と三五、兵庫。嗤いながら消える天魔王と蘭兵衛。

沙霧　（極楽に）大丈夫？
極楽　私だけはね。
兵庫　（荒武者隊が全滅しているのに気づき）お、お前達！　なんで、なんでこんなこと！　陰兵衛！　目多吉！　健八！　一朗太！　鹿之進ー!!
三五　まずいな。火が回ってきたぞ。
沙霧　はやく消さないと。

駆け出す三五、沙霧、贋鉄斎。

兵庫　おい、起きろ。おめえら……。
極楽　（座り込んでいる兵庫に）何してるの、兵庫。あんたがそんなことでどうするの。
兵庫　でもよう。
極楽　弱いもん護るのが、荒武者隊だって、礒平さんとあたし護って。みんな立派な最期だったよ。あんた、いい子分持ったよ。兵庫の旦那。
兵庫　……そうか、そうだな。（立ち上がる）

極楽、佇む二郎衛門につかつかと歩み寄ると、平手打ち。

極楽　あんたら、みんな一緒だ！

踵を返して駆け去る兵庫と極楽。

二郎衛門　お、おのれ、天魔王ー。（後を追おうとする）
半蔵　お待ち下さい、殿！
二郎衛門　ええい、放せ、放せ半蔵！　このままきゃつらを見逃しては儂の意地が通らぬ。天魔王は

半蔵　この儂が斬る、斬るぞー！

二郎衛門　ご辛抱下さい、殿！　あと数日で太閤殿下が駿河にお着きになられます。至急お戻り下さい。殿と天魔王が組んで、太閤殿下を打ち殺そうとしているという噂が流れております。今、殿が秀吉公をお出迎えせねば、また痛くもない腹を探られかねません。

半蔵　なにい、奴だな、天魔王め。姑息な手を使いおって。……わかった、わかったから放せ。

二郎衛門　（無界を見て）あ奴らはいかがいたしましょう。

半蔵　ほおっておけ。（と、頬をさわる）……半蔵、太閤殿下をお出迎え次第、先駆けで出るぞ。兵の準備おこたるな。

二郎衛門　では。

半蔵　髑髏城攻めだ。来い。

二郎衛門と半蔵、立ち去る。

☆

夜が明けて、雨になる。

無界の里は燃え尽き灰と化している。

その中に佇む沙霧と極楽。

兵庫、三五、贋鉄斎、後ろで女達の亡骸を片づけていく。女の髪を切って束ねたものをゆっくり並べる極楽。

極楽　……おゆき、おさと、おすぎ、おえま、おのぞ、おかお、おさほ、おえり……。……みんな、成仏しなよ。

三五　鉄砲は？

兵庫　駄目だ。隠し場所には一挺たりと残ってなかった。

極楽　蘭兵衛の仕業よ。

三五と贋鉄斎が荒武者隊の亡骸を片づけている。

兵庫　（兵庫に）頼みがある。こんな頼み、無茶は承知よ。でも、頼めるのはあんたくらいしかいない。

沙霧　（それを見て）くそ！

兵庫　捨之介……か。（微笑み）おめえに頼まれなくても、こっちはそのつもりだよ。豊臣の軍も間近に来ている。今、髑髏城に行くのは死にに行くようなもんだぞ。

三五　けっ、そんなことは承知のうえだ。どうせ人間一度は死ぬんだ。死に場所くらいてめえで決めらあ。（置いてあった大刀を掴み）人を斬るのは一度でたくさんだと思ってたが……。

兵庫　うおおおお！（大刀を引き抜く。赤錆だらけ）刀鍛冶、こいつを研ぎ直してくれ。（贋鉄斎に殴られる）あたっ！

贋鉄斎　ばかもん、刀鍛冶じゃねえ。贋鉄斎様だ。何だ、この手入れは。赤錆だらけじゃないか。土下座しろ。刀に土下座しろ。何が抜かずの兵庫だ。ただの不精者が。

兵庫　そこをなんとか。
贋鉄斎　研いでよいのだな。
兵庫　研いでください。
贋鉄斎　研ぐぞ、思いっきり。（と刀を受け取る）
極楽　（女達の髪をまとめて懐に入れると）兵庫、あたしも行くよ。真夫《まぶ》が命賭けるときに見過ごすようじゃ、あの子らに笑われる。想われた分だけきちっと返すのが、無界の女よ。
沙霧　でも、鉄砲もなくてどうするの。
極楽　秘密兵器ってやつがあるわ。
一同　秘密兵器？
極楽　（走って和風の小型機銃を持ってくる）輪胴轟雷筒《りんどうごうらいづつ》。南蛮から伝わったものを雑賀で改良した。これだけは、蘭兵衛にも内緒でね。こいつで天魔王のぼけかす、ぼろぼろのぎたぎたにしてやる。
兵庫　ご、極楽。
極楽　りんどうよ。ほんとうの名前はりんどう。これからはそう呼んで。……但し一回、銀一枚ね。
兵庫　たくましい。
沙霧　道案内は、あたしがする。
兵庫　でも、絵図面は。絵図面は奴らに奪われてんじゃねえのか。
沙霧　絵図面は、ほんのさわりだよ。髑髏城のすべての秘密はここにある。（と頭を指す）
一同　は？

沙霧　……あたしが赤針斎だ。熊木流の長《おさ》はあたしなんだ。おじいはその影武者。みんな、あたしを護るために犠牲になった。だから、なおさら捨之介を救いたい。……うまく説明できないんだけど。

贋鉄斎　……影武者として生き残った者と、影武者を犠牲にした者か。妙な縁だな。

三五　殴り込みなら、人手が足りないんじゃないか。

兵庫　三五。

三五　あまり信用してもらわない方がいい。自分でも自分の血がよくわからないんでね。どうせこの血を裏切るんなら、徹底的にやりたい。それに、奴らは、俺の一番の親友を殺した。

兵庫　？

三五　（半分になった手鏡を出し）この恨みはらさでおくべきか～。

兵庫　勝手にしろ。……天魔王め。てめえが雑魚だと思ってる連中の力、見せてやろうじゃねえか。

駆け去る一同。と、その後ろ姿を見つめる礒平。
手に持つ鎌を見つめ、何かを決意すると、彼らの後に続く。

――暗転――

第七景

音楽。
沙霧、極楽太夫、兵庫、三五、贋鉄斎、礒平、そして蘭兵衛。髑髏城に突入する一同と、城で待ち受ける者、それぞれの姿が音楽に乗って点描される。
そして髑髏城内。
死に物狂いの戦いで、髑髏党の雑兵をけちらし見得を切る兵庫。

兵庫　背中の太刀は男の伊達、拳で倒すは男の意地。誰が呼んだか抜かずの兵庫だ。思い知ったか、こん畜生!!

出てくる三五。

兵庫　へん、奴ら、あわてふためいてるぜ。俺達がどこから出てきてどこから現れるか、見当がつかねえようだ。
三五　あの娘、たいした仕事師だ。

兵庫　捨之介の居場所はわかったか。
三五　ああ、牢屋の場所なら沙霧が覚えてる。兵庫、お前は先に行け。あいつらだけじゃどうも不安だ。極楽は、銃持つと性格変わるからな。
兵庫　確かに。

駆け込んでくる泥帥と鉄機兵達。

三五　行け、兵庫！
兵庫　おう！（駆け去る）
泥帥　三五、貴様、髑髏党を裏切ったうえ、よくものこのこと。もう、許さないざんす。
三五　できるかな。
泥帥　なにぃ。
三五　俺は裏切ってばかりで戦ったことがないので、自分でも己の力がどれくらいかよくわからない。手加減などという小技は使えんぞ。心してかかってこい。（刀を抜く。結構強そう）
泥帥　やれ。

襲いかかる鉄機兵。三五、実は弱い。たちまち追いつめられる。

三五　あー、俺のバカー。俺ってばものすごく弱いじゃないかー！

そこに沙霧登場。

沙霧　無駄なあがきはおよしなさい。小田切三五。
三五　……さ、沙霧。
沙霧　とどめは私が刺しましょう。お前達は下がっていなさい。
泥帥　は？
沙霧　さすがの裏切り三五も、私の正体までは見抜けなかったようね。私が赤針斎なんて都合のいい話、本当にあると思って。
三五　まさか、罠か……。
沙霧　そのとおり。すべては天魔王様の策略。自分に刃向かう無頼の輩をこの城におびき寄せて一気に殲滅してしまうためのね。私は天魔王くノ一衆の一人、草の沙霧。覚悟なさい、三五。
三五　お、おのれー！（沙霧に襲いかかる）

沙霧の小太刀が一閃。三五、倒れる。

沙霧　（刀をおさめ、鉄機兵達に）何をぐずぐずしているのです。敵はまだ他にいます。行きなさい。

おじぎをすると立ち去る鉄機兵。

沙霧　ご苦労様でした、泥帥殿。
泥帥　はあ。
沙霧　あなたが知らないのも無理はない。これは私と天魔王様だけの秘密でした。が、しょせん草は影に生きる定め。その男の首はあなたの手柄。
泥帥　いいの？
沙霧　は。
泥帥　なんか、悪いわねえ。そうとは知らず、いろいろひどいことしてごめんなさいね。
沙霧　ささ。

のこのこ近づく泥帥。
と、三五、はねおきて泥帥を斬る。

泥帥　ふぎゃ！
沙霧　はーっはっはっは。ばーかめー。こんなくノ一がいるか。天魔王がこんないかがわしい女をくノ一に使うか。ばかたれがよ！
泥帥　ひ、ひどい。（と、倒れる）
三五　……しかし、こんな手にひっかかる奴がいるとはねえ。

沙霧　これで助けられた借りは返したからね。
三五　（泥師から鍵束を取り）こいつが牢の鍵か。
沙霧　行こう。牢はあっちよ。

駆け去る沙霧と三五。
入れ替わりに駆け込む兵庫。

兵庫　極楽、どこだ、極楽。

と、その前に姿を現す邪鬼丸。

邪鬼丸　ふん、田舎武者か。よくここまで来たな、兵庫。
兵庫　てめえが光秀の首を落としたんだってな。ずいぶんいい調子じゃねえか、邪鬼丸。
邪鬼丸　光秀だけじゃねえ、秀吉も家康も俺の獲物だ。俺の剣で天魔王様の天下を作るのよ。その剣でその首が落とされるんだ。光栄と思え！

邪鬼丸のかまいたちが、兵庫を襲う。
倒れる兵庫。

邪鬼丸　ふん、たわいもない。（と鋼の糸を引いて剣におさめようとするが剣先が動かない）なに。

ゆっくりと起き上がる兵庫。

兵庫　つまらねえなあ。天下だかなんだか知らねえが、そんなものが何になる。俺がほしいのは惚れた女と仲間だけだ！

グイと引くと邪鬼丸がつんのめる。
兵庫の腕の手っ甲で鋼の糸を絡め取っていたのだ。

兵庫　沙霧に聞いた。かまいたちのネタは割れてるんだよ。（じりじりと引く）
邪鬼丸　（その力に）ぬう。
兵庫　こう見えて、泥沼に浸かった赤ベコ一頭、持ち上げたことがあるんだ。力くらべなら負けねえぞ。
邪鬼丸　ち。（小刀で自ら鋼の糸を切る）かまいたちだけが俺の剣ではないぞ。
兵庫　おもしれえ。だったらこっちもこれで勝負だ。受けてみろ、荒武者電光剣！（背の大刀を引き抜く。刀身は極端に短い）
邪鬼丸　……なんだ、それは。
兵庫　うるせえうるせえ。刀鍛冶が思いっきり研いだらこんなに短くなったんだよ。来いや、邪鬼丸。

邪鬼丸　上等だ。

二刀流で襲いかかる邪鬼丸。
兵庫と邪鬼丸の戦い。
剣をはじき飛ばされる兵庫。

兵庫　くそう。

邪鬼丸　終わりだな。

と、そこに礒平が飛び込んでくる。両手に鎌。邪鬼丸に斬りつける。

邪鬼丸　ぐ！

兵庫　あにさ！

礒平　鎌使いなら、村一番だに！

鎌を振るう礒平。その動き、早い。

邪鬼丸　くそ。

礒平　ひょう六！

兵庫に二本。鎌を投げる。

兵庫　（拾い）これは、マイ鎌！
礒平　かっこつけてないでそれを使うだに！　鎌はオラ達の魂だに!!
兵庫　わかった、あにさ！

兵庫、それを受け取り両手に構える。

兵庫　行くぜ、荒武者。
礒平　旋風稲刈り剣！

兵庫と礒平のツイン攻撃。
邪鬼丸、二刀流で応戦するが押される。
兵庫と礒平のとどめの斬撃。

邪鬼丸　……ば、ばかな。こんな奴らにこの俺が。
兵庫　覚えとけ。悪い稲を根こそぎ刈る。それが正義の百姓魂だ。

倒れる邪鬼丸。
兵庫、とばされた剣を拾って、鞘にしまおうとする。と、贋鉄斎が現れて玄翁で兵庫の頭を叩く。

贋鉄斎　てい。いい加減にしねえか。血糊もふかずにしまうから、錆でボロボロになるんだ。

兵庫　あ、す、すみません。

そこに極楽、輪胴轟雷筒で応戦しながら飛び込んでくる。

極楽　みんな下がって。

兵庫　どうした。

と、鉄機兵達が雑賀党の鉄砲を持って登場。
指揮するのは龍舌丸。

兵庫　あれは。

極楽　そう。あたしらの銃よ。

龍舌丸　ふふ。さすがに雑賀の女達が手入れしていただけのことはある。いい銃だよ。天魔王様も

極楽　お喜びになるだろう。

龍舌丸　そんなことさせるか！（引き金を引くが弾が出ない）え……。どうやら弾切れのようだな。今度はこちらの番だ。撃て！

鉄機兵の一斉射撃。

が、贋鉄斎が両手を広げて一同をかばうように仁王立ち。静寂。

兵庫　贋鉄斎ーっ！

贋鉄斎　（胸を広げて）ほれ、弾だ。（と、胸の鉄板についている弾をはずして極楽に渡す）

兵庫　ぼ、防弾かたびら……。

贋鉄斎　磁石つきだってば。同じ手を何度も使わせるんじゃねえ。まったく学習能力のねえ奴らだ。

極楽、轟雷筒を連射。敵を一掃。

極楽　見たか、輪胴轟雷筒。

礒平　でも、一人足りねえだ。

一人逃れた龍舌丸、逆方向から現れ、銃を構える。

龍舌丸　死ね！

今度は贋鉄斎も間に合わない。が、龍舌丸が引き金を引いた途端、その銃は暴発。

龍舌丸　く！（目をやられる）

そのとき、極楽、ホルスターから短筒を抜き龍舌丸を撃つ。吹っ飛ぶ龍舌丸。
銃口の硝煙をフッと吹くとホルスターに短筒をしまう極楽。

兵庫　やった。

極楽　……あの銃はおさほが手入れしたやつよ。あの子の粗忽さが私の命を救ってくれた……。

（贋鉄斎に）沙霧たちは？

贋鉄斎　牢に向かった。行くぞ。せっかく打ったこの斬鎧剣、捨之介に渡し損なってはとんだ無駄足だ。

駆け去る一同。

☆

天守閣。待機している蘭兵衛。
駆け込んでくる魏岩。

巍岩　蘭丸様。物見の兵より急報が入りました。豊臣軍二十万、品川の砦を墜しこの髑髏城めがけまっしぐらに進軍しております。まもなくここも包囲されます。先頭は家康の兵かと。

蘭兵衛　来たか、あの狸親父。全軍、戦《いくさ》の準備だ。

巍岩　はっ。

立ち去る巍岩。
そこに入ってくる捨之介。追って出てくる胡蝶丸。

蘭兵衛　……捨之介、貴様。

捨之介　（胡蝶丸を牽制しながら）いつまでそんなことをやってる。さあ、一緒に来い。

蘭兵衛　（刀を抜き）もはや、後戻りはできん。おとなしく牢に戻れ。さもなくば……。

捨之介　さもなくば、どうするというのかな。

捨之介の口調が途中から変わる。胡蝶丸、笑い出す。捨之介に扮した天魔王だったのだ。

天魔王　……お前まで捨之介と思うなら、この姿に扮した価値はある。

蘭兵衛　お前、天魔王か。しかし、なぜ。

胡蝶丸　落ち着きなされよ、蘭丸殿。すべては天魔王様の計略。

蘭兵衛　計略？

天魔王　気を悪くするな、蘭丸。これには深い考えがあるのだ。

突然、蘭兵衛に斬りつける天魔王。

蘭兵衛　な、何をする。

天魔王　事情が変わった。この戦は負けだ。

蘭兵衛　なにい。

天魔王　先日、エゲレス艦隊より知らせがきた。ポルトガル制圧に失敗して本国で政変が起き、艦隊は急遽、国に戻ったとか。いくら、関東で乱を起こそうと、肝心の大坂が叩けなくては、この戦、もはや何の意味もない。

蘭兵衛　それで。

天魔王　知れたこと。関東髑髏党は壊滅、天魔王と織田の残党森蘭丸は無惨に討ち死になるだけのことだ。

蘭兵衛　……そうか、貴様、それで捨之介を……。

天魔王　もともと影武者だった男だ。奴も本望だろうよ。この私の影として死ねればな。まもなく、無界の残党が捨之介を助けにここに来る。

胡蝶丸　捨之介はこの奥に作られた座敷牢を抜け出し、裏切り者蘭兵衛を倒して、ここで待っているという筋書きだ。

天魔王　そして、それには仕上げが必要だ。（と、胡蝶丸に斬りつける）
胡蝶丸　な、何をなさいます⁉
天魔王　決まっているだろう。この天魔王が生き延びたという事実、知る者は少なければ少ないほどいい。
胡蝶丸　そ、そんな……。

胡蝶丸、斬られる。

蘭兵衛　天魔王、おのれは！
天魔王　安心しろ、蘭丸。貴様の無念、いつか必ずこの私が晴らしてやるわ。私がいる限り、天は滅びん。
蘭兵衛　貴様……。

斬りかかるが天魔王の斬撃に倒れる蘭兵衛。

天魔王　務め、ご苦労。

そこに駆け込んでくる兵庫、極楽、贋鉄斎。

兵庫　捨之介！　無事だったか！
天魔王　（口調を変えて）なんとかな。
極楽　（様子を見て）これは……。
天魔王　牢を出たところで襲ってきたんでな。しょうがねえや。天魔王を逃がした。早く追わねえと。（走り出そうとする）

そこに現れる沙霧。

沙霧　兵庫、逃がすな。そいつが天魔王だ！
兵庫　なに！
天魔王　何を言い出すんだよ、沙霧。しっかりしろ。
沙霧　捨之介は絶対に女を斬ったりしない。たとえ自分が斬られようとね。

顔色が変わる天魔王。刀を抜く。

極楽　下がって！（銃を撃つ）

と、倒れていた蘭兵衛が、跳ね起き天魔王をかばう。

天魔王　蘭丸、貴様……。
蘭兵衛　勘違いするな。これで貴様を裏切ったら、私は貴様や光秀と同じになる。それだけは御免だ。
天魔王　……愚かな奴だ。（沙霧達に）まもなくこの城には大軍が押し寄せる。この城から生きて出るのは、どちらかな。（笑いながら駆け去る）
極楽　待て！
蘭兵衛　行かさん！
極楽　蘭兵衛、お前は。お前は最後まで！
蘭兵衛　しょせん外道だ。来い、太夫！（刀を抜いて駆け寄る）

極楽の銃撃に再び倒れる蘭兵衛。

極楽　……この、この！

倒れている蘭兵衛に撃ち続けている極楽。
兵庫、彼女の肩を押さえる。兵庫の顔を見て、撃つのをやめる極楽。

贋鉄斎　……やっかいなもんだな。侍も。

奥に行っていた三五と礒平、捨之介を連れてくる。

沙霧　捨……之介？
捨之介　なんだ、江田島平八子。

思わず抱きつく沙霧。手足を絡める捨之介。

沙霧　な、何すんのよ。（離れる）
極楽　今度はほんものね。
捨之介　……まったく、てめえら、無茶しやがる。（が、一同に頭を下げる）すまねえ。

うなずく一同。

捨之介　（倒れている蘭兵衛に気づき）……蘭兵衛。すまねえなあ。俺はいつも遅すぎる……。

と、蘭兵衛の腕を組んで首の数珠を握らせてやる。

捨之介　……天魔王はどこだ。
兵庫　奥だ。奥に消えてった。
贋鉄斎　捨之介、斬鎧剣だ。（刀を渡す）

捨之介　ただ死ぬお前じゃねえと思ってた。できたのか。
贋鉄斎　ああ、こいつの切れ味が見たくてここまで来た。めんどくせえが、俺も行くぞ。
捨之介　わかった。（走り出す）

続いて駆け出す一同。

☆

天守閣、奥。
ずらりと並ぶ蘶岩と鉄機兵。
現れる捨之介と贋鉄斎。

蘶岩　かかれ！

鉄機兵の中に駆け込んでいく捨之介と贋鉄斎。髑髏党を片っ端から斬っていく。一人斬るたびに贋鉄斎に投げる。贋鉄斎、刀を打ち直し投げ渡す。
蘶岩以外は打ち倒す捨之介。

蘶岩　おのれ。天魔王様には指一本ふれさせんぞ！
捨之介　雑魚が。邪魔すんじゃねえや!!

巍岩を打ち倒す捨之介。

捨之介　これで終わりか。天魔王、天魔王はどこだ。けりつけようじゃねえか。

仮面と鎧の天魔王、現れる。

天魔王　この程度の相手に息を切らしているのか。憐れだな、捨之介。
捨之介　それが八年の歳月ってヤツだ。鎧の中に閉じこもってたてめえには一生わからねえよ。
贋鉄斎　気をつけろ。一回勝負だぞ。（斬鎧剣を渡す）
捨之介　わかってるよ。
天魔王　貴様らのような雑魚に、かかわり合ったのが私の失策だった。
捨之介　てめえはいつもそうだ。誰かの仮面をかぶり誰かに頼った形でしか、動けねえくせによ。
天魔王　なに。
捨之介　知ってるぜ。光秀が謀反を起こしたのは、てめえの入れ知恵だろう。八年前は光秀、今度はエゲレス。てめえはいつでも人頼みなんだよ。でもな、いちばん頭にきてるのは、それが止められなかった俺自身だ。
天魔王　（笑い出す）貴様に私が止められるものか。しょせんは地を這う者。天の志など知る由もない。こい、今一度、地べたに這いつくばらせてやる。
捨之介　やれるかい。こっちも、もう悔いは残さねえ。

襲いかかる天魔王。鞘ごと受ける捨之介。
何手かの攻防の末、天魔王の刀を弾き飛ばす捨之介。斬鎧剣を抜く。

捨之介　もらった!(打ちかかる)

が、斬鎧剣をはじく天魔王の鎧。

捨之介　くそ!
天魔王　どうやら無駄なあがきだったようだな。

天魔王、刀を拾うとゆっくりと捨之介に近づく。捨之介、斬撃を繰り返す。が、天魔王には効かない。

天魔王　ふはははは。どうした、捨之介。贋鉄斎自慢の剣もこの無敵の鎧の前には歯が立たぬようだな。
捨之介　さあて、そいつはどうかな。こいつのおかげで、鎧にひびが入ってるぜ。
天魔王　ぬ。

打ちかかる捨之介。その刀を掴む天魔王。

天魔王　だったら、へし折ってくれる。

捨之介　させるかよ！

天魔王　なに⁉

掴まれた刀の刀身から、もう一回二枚目の刀を抜く。刀は二重構造になっていて、刀身の中にもう一つ薄刃の刀が仕込まれていたのだ。鎧に入った亀裂にその薄い刀を突き刺す捨之介。

天魔王　な、なぜ……。

贋鉄斎　見たか。贋鉄斎工夫の二枚刃仕込み。最初の刃《やいば》で鎧を砕き、とどめの薄刃で心臓を貫く。肌に無理なく深剃りが効く。ここで一句。無惨やな　兜の下の　天魔王。

捨之介　一発勝負の奇襲技だ。てめえ相手にゃ丁度いいだろう。（天魔王から刀を抜く）

よろめく天魔王、笑い出す。

天魔王　ふっふっふ。これで貴様も道連れだ。捨之介、天魔王として死ぬがいい。

捨之介　なんだと。

倒れる天魔王。と、突然、鬨《とき》の声。
駆け込んでくる沙霧、兵庫、極楽、三五、礒平。

兵庫　大変だ。城の中にすごい軍勢がなだれ込んできてるぞ。
三五　三つ葉葵の旗印だ。ありゃあ、徳川の軍だな。
贋鉄斎　けっ。いよいよ関東征伐の始まりというわけか。

と、城の中で爆発。城がきしむ音。

礒平　な、なんだあ。
沙霧　……しまった。
捨之介　どうした。
沙霧　天魔王に出し抜かれた。この城はもうすぐつぶれる。
極楽　そんな。
沙霧　短期間で建てた城だよ。もろい部分はある。その場所に爆薬を仕掛けられた。このままじゃ、この城にいる連中全員押しつぶされちまうぞ。
兵庫　わかった、とっとと逃げ出そう。

と、笑い出す捨之介。

沙霧　……捨之介。
捨之介　やられたなあ、こいつは天魔王が仕掛けた最後の罠だ。どうでも、俺は天魔王として死ななきゃならないらしい。
沙霧　なんで。
捨之介　髑髏党の残党、徳川の軍、今この城にいる連中を外に出す一番早い手はなんだ。
沙霧　あ。
捨之介　そうだ。天魔王がこの城から出ればいい。髑髏党は彼に従い、徳川軍は追って出る。
極楽　じゃあ、あんた、髑髏党と徳川軍のためにその命賭けようってのかい。ばかばかしい。何のためにあたしたちが、この子が（沙霧を指す）助けに来たと思ってるの
兵庫　そのとおりだ。侍は侍で勝手にやらせて、俺達はとっとと逃げ出せばいい。後のことは知ったこっちゃねえ。
捨之介　ところがそうもいかねえんだな。このまま見過ごしちゃあ、俺も奴と、天魔王と同じになっちまう。
沙霧　なんでだよ。そんなにぼろぼろになってやっとあいつ倒したのに、なんで!?
捨之介　目の前で無駄な人死にが出るのは御免被りたい気分なんだよ。もっとも、俺のこの性格まで見越して、天魔王の野郎、この罠を仕掛けたんだけどな。
三五　己の血を裏切るってのも難しいもんだな。
沙霧　それで、どうするんだよ。天魔王になって死ぬのかよ。

捨之介　そうだ。豊臣軍の、あの家康の前ではっきりとな。でなけりゃ猜疑心の強い秀吉は安心しねえ。そこでだ、沙霧。頼みがある。天魔王の首、お前が落としてくれ。

沙霧　え。

捨之介　お前しか、この技はできねえ。

沙霧　それは……。

捨之介　頼む。

沙霧　……死ぬときは、女の手に掛かって死にたい。それがあんたの夢だったよね。

捨之介　そういうことだ。

沙霧　わかった。やるよ。

極楽　沙霧。

捨之介　さすが、俺が見込んだだけのことはある。

と、再び爆発音。

捨之介　時間がねえ。お前らは逃げろ。

兵庫　冗談じゃねえ。毒くわば皿までだ。こうなりゃ、つきあうさ。とことんまでな。

うなずく六人。微笑む捨之介。

劫火の中に浮かぶ七人のシルエット。

と、鎧武者姿の二郎衛門登場。いや、今は三河武者を率いる徳川家康その人である。

家康　馬かけーい！　鉄砲兵、担え筒ーっ！　よいか。天魔王の首をとるは、我ら徳川の兵ぞ。城から出た奴らは裸も同然。一気に責めるぞ。者ども、遅れるでない‼　いや、待て。あれは天魔王か。（彼方を見つめ）追え追え、逃がすなー！

唖然とする家康。
雨になり、やがて髑髏城は霧と煙に包まれる。

——暗転——

第八景

天正十八年四月二十二日、雨。
廃墟と化した髑髏城の前に佇む家康。
横に控える半蔵と、配下の兵。
その前に膝をつき頭を下げている沙霧。

家康　おぬしが、天魔王を捕らえたと。
沙霧　は。
家康　おぬし、いったい何を。
沙霧　金五百枚。
家康　なに。
沙霧　秀吉公が天魔王の首にかけたる賞金でございます。確か金五百枚かと。
家康　これほどの危険を冒して、金が欲しいか。
沙霧　お殿様は望めば天下も掴めますが、私達が掴めるものは金くらいしかございませんから。

と、兵庫、三五、贋鉄斎、極楽が無敵の鎧と仮面姿の縛られた男を連れてくる。
天魔王になりすました捨之介である。
三五は、捨之介の番傘を持っている。

捨之介　はなせ貴様ら、私を誰だと思っている。

兵庫、仮面をとる。素顔になる捨之介。

家康　貴様。
捨之介　(家康に) これで勝ったつもりか。覚えておけ、天魔は死なん。貴様らが天下を求めて戦《いくさ》を繰り返す限り、何度でも蘇る。それがこの俺の、天魔の男の呪いだ。いいか、忘れるな！
沙霧　兵庫。

三五、傘を開く。その陰に捨之介を押さえつける兵庫。贋鉄斎が沙霧に刀を渡す。

捨之介　覚えていろよ、家康！　俺は、俺は……！
沙霧　御免！

刀を振り下ろすと、首がとぶ。

家康　な！

その首を拾う家康。
胴体は、兵庫と三五が物陰に片づける。

家康　……おぬしら。（と、五人を見るが）半蔵……。
半蔵　しかし。
家康　かまわん。

うなずく家康、半蔵に首を渡す。
半蔵、首を布で包む。配下の兵、金子箱を持ってくる。

家康　さらばだ。二度と儂の前に顔を見せるでない。

五人、土下座する。
家康、半蔵を連れて立ち去る。
途中で止まり。

家康　あの連中に手出しは無用だぞ。
半蔵　しかし……。
家康　大坂の顔色ならば気にするな。浪速の猿は、信長公の亡霊にとりつかれておる。じきに豊臣も滅ぶ。半蔵、髑髏城、儂がもらうぞ。あれを我らが居城とする。これからは関東が我らの国だ。ここに都を作る。
半蔵　こんな荒野にですか。
家康　ああ。いずれ、この関東が、京を、大坂を、日の本を呑み喰らってやる。ここに眠る魔王の魂を封じるにはそれしかあるまい。行くぞ、馬ひけぃ！

足早に立ち去る家康と半蔵。
五人、しばらく土下座しているが、その身体が細かく震えてくる。笑っているのだ。

沙霧　（起き上がり）ひのふの、み！

かけ声をかけると、廃墟の陰から着流しの捨之介が現れる。

兵庫　まんまとひっかかったな、ばかやろう。その首は本物の天魔王の首だよ。
極楽　斬られる瞬間、天魔王の死体に入れ替えるか。たいしたすり替え芸だね。南蛮の手妻かい。
捨之介　まあ、そんなもんだ。タネは俺と沙霧の秘密だよ。

沙霧　やられた者にしかわかんないからね。
贋鉄斎　しょせん影武者は、影武者の役に逆戻りってわけか。皮肉なもんだ。
三五　家康を騙すんなら騙すと先に言ってくれればいいものを。意味深な言い方するから柄にもなく心配しちまったぞ。
捨之介　わりぃな。はったりは俺の癖でね。
極楽　あの親父もさすがに気づかなかったようね。いい気味だ。
捨之介　それはどうかな。あの狸のことだ。騙したつもりで騙されたのかもしれんぜ。結局、奴め、金五百枚でこの関東を手に入れやがった。それも秀吉の金でだ。
贋鉄斎　さてと。（箱から一枚金をとり）俺は行くぞ。また何か面白い仕事があったら声かけてくれ。
沙霧　贋鉄斎、もっと持ってきなよ。
贋鉄斎　いい、いい。金なんかあってもめんどくせえだけだ。ここで一句。行く春や　さよならだけが　人生だ。じゃあな。（立ち去る）
三五　畜生。（大きな袋を取り上げ）金なんか全然欲しくないんだが、自分を裏切るというのも辛いもんだな。
一同　うそつけ。
三五　うそつき三五と人は呼ぶ。（立ち去る）
極楽　じゃあ、あたしも。（袋に金をつめ）これだけあれば、どこかの寺に立派な墓が建てられるだろ。
兵庫　どこ行くんだ、りんどう。

極楽　（手を出し）銀一枚。
兵庫　（金を摑めるだけ摑むと極楽の手にのせて）金の分だけきれいになるってたな。どれくらいになるか、見せてもらおうじゃねえか。
極楽　上等よ。しっかり見届けてもらいましょうか。
捨之介　（兵庫に）どこ行くんだよ。
兵庫　さてね。侍にもほとほと愛想がつきたからな。どっかの田舎に田圃でも買うか。
磯平　なに、言うとるだ。

と、磯平登場。陰兵衛、健八、目多吉、一郎太、鹿之進の衣装の一部をとった傾奇者の格好。

磯平　おめさが、そったら弱気じゃあ冥土の子分達に笑われっぞ。関八州荒武者隊なくして、誰がこの関東の筋さ通すだに。
兵庫　あにさ。
磯平　おらも今日からおめさと一緒だ。派手にいくべよ、兵庫。
兵庫　わ、わかった。やるっぺよ。あにさ。（捨之介に）と、いうわけだ。今度は、家康にガツンとくらわせてやるか。
捨之介　その方がてめえらしいよ。
極楽　（うなずいて）……沙霧、あんたも元気でな。
沙霧　う、うん。

捨之介と沙霧に別れを告げて、三人立ち去る。捨之介も去ろうとしている。

沙霧　捨之介、……あんた、分け前は。

捨之介　その金はてめえのもんだ。どう使うのもてめえの勝手。人間五十年夢幻の如くなり。だったら面白い夢を見た方が勝ちだ。その金でいい夢見な。

沙霧　……きめた。あたしは、この金で城を作る。

捨之介　城？

沙霧　あんたの城を作ってやるよ。

捨之介　よせよせ、柄じゃねえよ。

沙霧　もう決めたんだ。待ちなよ、おい。待ってってば。

先に立ち去る捨之介。
金子箱を担いで後を追う沙霧。
これより先、この七人の行方を知る者はない。

蛇足ながら――。
その八年後、慶長三年、死期が間近に迫った秀吉は、己の主君織田信長の悪夢にうなされていたと、信長、秀吉の両雄に仕えた前田利家は語っている。夢枕に立って自身の遺児達の零落を嘆き、早く冥土に来いとうながす主君の幻影におびえた秀吉は、恐怖のあまり異様な叫び声をあげながら寝床から抜け出し這いずり回っていたと『利家夜話』には記されている。天下人秀吉に、信長の恐怖の影をそれほどまでに深く刻み込んだものは何か。その真実を知る者は、当時五奉行を務めていた徳川家康ただ一人だったのではないだろうか。彼は腹心服部半蔵にこうつぶやいている。

「信長そっくりの顔を持つ男と城作りにたけた者とが組めば、難攻不落といわれた大坂城に忍び込んで太閤殿下の枕元に信長公の亡霊を作り出すことも不可能ではない」と。

その家康は江戸幕府を開いた後、大僧侶天海とともに、近世比叡山の復興に尽力を尽くしている。黒衣の宰相とも呼ばれ家康最大の師とも友とも呼ばれた巨人、天海。彼にも謎めいた噂がつきまとっている。その噂とは明智光秀・天海同一人物説。信長を殺した男と噂される大僧侶と二人して、家康が関東の地に封じようとしたものは一体何だったのか。

第六天魔王。――それまでの寺院勢力を否定して寺領を容赦なく没収し、中世的権力に真っ向から対立した信長を、比叡山延暦寺はこう呼んで罵った。その後、彼が行った比叡山焼き討ちの大虐殺はあまりにも有名である。

髑髏城の七人〈アカドクロ〉――完

アオドクロ

髑髏城の七人

2004・秋

◉登場人物

玉ころがしの捨之介《すてのすけ》
天魔王《てんまおう》
沙霧《さぎり》
無界屋蘭兵衛《むかいやらんべえ》
極楽太夫《ごくらくたゆう》
カンテツ
裏切り渡京《ときょう》
狸穴二郎衛門《まみあなじろうえもん》
こぶしの忠馬《ちゅうま》

〈関八州荒武者隊〉
うなずき才蔵《さいぞう》
とどかず大騒《たいそう》
いじられ張太《ちゃんた》
さかなで崇助《たかすけ》
なげやり栄吉《えいきち》
うっかり杉一《すぎいち》

〈関東髑髏党〉
鋼《はがね》の鬼龍丸《きりゅうまる》
乱《みだれ》の剛厳丸《ごうがんまる》
刃《やいば》の非道丸《ひどうまる》
無名《ななし》
無明《やみ》
無音《しじま》

魔母衣衆《まほろしゅう》・龍舌《りゅうぜつ》
胡蝶《こちょう》
玉花《ぎょっか》
富貴《ふうき》
素心《そしん》

〈無界の里の女達〉
およし
おかな
おくず
おあや
おみゆ
おみほ
おりえ
おさや

仁平《じんぺい》
贋鉄斎《がんてつさい》
服部半蔵《はっとりはんぞう》

髑髏党斬首兵・巨烈《きょれつ》／豪烈《ごうれつ》
伊賀忍群・十蔵《じゅうぞう》／全蔵《ぜんぞう》
鉄機兵／伊賀忍群／徳川兵

第一幕

俺は女の味方だよ

序之景

天正十年、六月。本能寺。

炎の中に戦《いくさ》のイメージが浮かび上がる。

「よいか、狙うは信長の首ただひとつ!!」

「殿ーっ。謀反にございます」

「明智日向守光秀、一万三千の兵を率いこの本能寺を襲って――」

「なにい!? この信長が光秀如きに――」

「それが天の意志か。ならば来い、光秀。この首を取れるものなら取ってみよ!!」

など、激しい炎の中に浮かぶ幻。

その炎も幻も消える。静寂。

激しい戦のあとを物語るように、あちこちに鎧武者達の亡骸。

ある者は転がり、ある者は槍にひっかかり案山子のようにその身体をくねらせたまま、ことされている。

そこに現れる黒装束の忍び五人組。何かを探すように、あたりをうろつく。

と、男の声。

非道丸　いくら探そうと、おぬし達の求めているものは見つかりませぬぞ。

ぬらりと闇より現れる剣士。刃《やいば》の非道丸《ひどうまる》である。
刀を抜くと襲いかかる五人の忍び。
その攻撃をさばく非道丸の剣。速い。
逃げようとする忍びの行く手を塞ぐように現れる無明《やみ》と無音《しじま》。
仮面で顔を隠したくノ一である。

無明　どちらの手の者かな。明智か、……いや、その顔、見覚えがある。確か、秀吉殿に仕える素っ破であったたな。

無音　ふふ。どうやら殿の生死を一番知りたいのは、あの猿面冠者らしいのお。明智のひょうたん頭をたきつけて、殿の寝込みを襲わせたという噂、まんざら嘘でもないらしい。

一斉に打ちかかる忍び達。
その攻撃をかわす三人。

非道丸　が、そうそう思うようにはいきませぬぞ。浪速の猿めに伝えなさい。

無明　この本能寺に大殿朽ち果てようとも、その魂魄、天魔となりて再び蘇る。

無音　貴様が天下を摑むは魔天が許さぬと。

忍びのうち二人を斬る非道丸。
逃げようとする忍び達。
と、その前に、異形の鎧に身を包んだ魔人が立ちふさがる。一瞬立ちすくむ忍び達。
そのうちの二人を一刀のもとに斬りすてる魔人。

忍び1　な、なにやつ……。
魔人　天魔の御霊《ごりょう》、天魔王。
忍び1　天魔王……。まさか！

忍び1、天魔王と名乗った魔人に打ちかかる。
が、これも一撃で倒す天魔王。
彼の前にかしずく、非道丸、無明、無音。

天魔王　秀吉は？
無明　中国の毛利と講和を結び、ただいまこの京の都めがけて大駆けに駆けております。
無音　この勢いで行けば、光秀の軍も一たまりもないでしょう。
非道丸　大方の大名は、ひとまず猿めになびくかと……。

天魔王　（笑って）いいだろう。一時《いっとき》は浮き世の夢を見せてやれ。いずれ、その世も魔天に変わる。
無明　いずこへ。
天魔王　……東。
非道丸　では、関東に。

天魔王が指さす。うなずくと駆け去る非道丸。
天魔王に付き従う無明、無音。

天魔王　……第六天は魔が棲む天。まずは、関東荒野を第六天に変える。

響いてくる地獄の律動。
その律動に応えるように、周りに転がっていた亡骸達が起き上がってくる。すべては天魔王の兵であった。

天魔王　来い、秀吉。髑髏城で待っている。

不気味に響く魔人の笑い声。
無音、無明の歌。
それにあわせて踊る天魔王とその軍団。

これが関東髑髏党の誕生だった。

☆

月日は流れて天正十八年（一五九〇）。

戦国の雄織田信長が逆臣明智光秀の手にかかり天下布武の志半ばに倒れてから、早八年。天下統一は浪速の猿面冠者、豊臣秀吉の手によりなされようとしていた。

唯一、関東をのぞいては。

平和の世にはなじまぬ野武士たち、織田豊臣に抵抗し追われた民百姓、侍の支配を嫌い流れ込んだ公界衆。いまだ荒夷《あらえびす》の気風を残すこの関東荒野こそ、彼らの最後の牙城だった。

そしてこの無頼の地を陰で支配する一大武装集団こそ関東髑髏党であった。

その首魁、天魔王と名乗る仮面の魔人は、黒甲冑に身を包んだ鉄機兵と呼ばれる軍団を率い、瞬く間に関東をその手中に収めた。

今では、秀吉に対する最後の勢力、小田原の北条家も、天魔王の傀儡に成り下がっていると噂されている。天下統一を狙う秀吉にとって、今や関東の天魔王こそが最後にして最大の敵であった。

関東の平野に忽然とそびえる漆黒の奇城、髑髏党の居城を人々はいつしか髑髏城と呼び、畏れ敬うようになっていた。

その関東荒野に集まる、奇なる縁《えにし》の名もなき七人。

戦い、いまだ終わらず――。

新たなる七人の物語はここより始まる。

——暗転——

第壱景

関東荒野。昼下がりの街道筋。

中央に古びた祠。隅には地蔵が立っている。

街道の向こうは川になっている。

いい天気だ。のんきに歩く旅姿の百姓。仁平《じんぺい》だ。地蔵に供えられた団子を盗む。

それを見ている旅姿の牢人、狸穴《まみあな》二郎衛門《じろうえもん》。

二郎衛門　盗人はいかんぞ。

仁平、無視して祠の後ろに消える。そこでゆっくり食おうというのだ。

と、そこに駆け込んでくる少女。

その姿、小袖の上に鎖帷子をつけ股引きに革手甲という男装。山の民風でもある。名を沙霧《さぎり》という。

何者かに追われてきたのか、必死で走り抜ける。それまでののどかな雰囲気が一変。緊張感が走る。

と、沙霧の後を追ってきた黒鎧に身を包んだ異形の武士団が、駆け抜けていく。関東髑髏党《かんとうどくろとう》の雑兵だ。
戻ってくる沙霧。その方向にも髑髏党の雑兵達が待ちかまえている。
先頭に立つは異形の武士。鋼《はがね》の鬼龍丸《きりゅうまる》である。

鬼龍丸　追いつめられたな。沙霧。
沙霧　ちくしょう。
鬼龍丸　随分と手間をかけたな。さあ、絵図面はどこだ。
沙霧　知らねえよ。
鬼龍丸　やれ。

と、雑兵、沙霧を殴る蹴る。
それを見ていた二郎衛門が止めに入る。

二郎衛門　まあまあ。しばらくしばらく。
鬼龍丸　なんだ、お前は。
二郎衛門　拙者、狸穴二郎衛門と申すやせ牢人。いや、縁もゆかりもござらぬが、見ればまだ年若い娘。何をしたかは存ぜぬが、見過ごすのも酷かとしゃしゃり出てきました。どうかここは、儂の顔に免じて穏便に。

鬼龍丸　貴様の顔だと。
二郎衛門　いや、たいした顔ではござらぬが。
　　その顔を摑む鬼龍丸。
鬼龍丸　たいした顔でなければ潰してやろう。
　　苦しむ二郎衛門。
　　鬼龍丸、二郎衛門を放り投げる。
　　転がる二郎衛門。
二郎衛門　あいたたた。これはまた、乱暴な。
鬼龍丸　乱暴だと。おぬし、どうやらこの関東は初めてと見えるな。
二郎衛門　は。
鬼龍丸　ならば教えてやろう。（と、手にした大刀を大きく構える）いいか。この関東荒野で乱暴というのはな、こういうことを言うのだ！
　　右手で刀を構えた鬼龍丸だが、そばにあった松の木を左手で殴る。

鬼龍丸　どりゃあ！

メキメキと音を立てて松が倒れる。

沙霧　……うわぁ。
二郎衛門　……凄い力だが、しかし、……その刀の意味は。
鬼龍丸　（刀を二郎衛門に突き出し）使って欲しいのか。
二郎衛門　滅相もございません。（と、下がる）
鬼龍丸　さあ、沙霧。おとなしく絵図面のありかを吐け。でないと、死ぬことになるぞ。

と、突然、琵琶の音が響く。
それにのせて男の声。

声　やめておけ。女に手を出す奴は、この俺が許さねえよ。

驚く髑髏党。
響き続ける琵琶の音。

鬼龍丸　ふざけたことを。そこかぁ！

祠を叩き斬る鬼龍丸。
祠の壁が四方に倒れ、そこに立つ一人の男。
着流しにざんばら髪。手に琵琶。それが声の主。
捨之介《すてのすけ》だ。

捨之介　まったく、乱暴な男だなあ。おちおち昼寝もできやしねえ。

その顔を見て、一瞬ではあるが、驚く鬼龍丸。そして二郎衛門。

二郎衛門　ぬ。（が、すぐに飲み込み素知らぬ顔に戻る）
鬼龍丸　貴様……、なんだ貴様は。
捨之介　名乗るほどの者じゃねえ。捨之介ってけちな野郎さ。但し、俺の前で女をいじめるのは許さねえ。
沙霧　え。
捨之介　気をつけな。この琵琶の弦が全部切れたとき、そのときが誰かの命がつきるときだよ。それ、ひとつ。（一本切る）
鬼龍丸　ふざけたことを。
捨之介　ふたつ。（二本目を切る）

鬼龍丸　我ら関東髑髏党にたてつこうというのか。
捨之介　俺は、俺以外の男が女いじめてるのを見ると我慢ができないんだよ。みっつ。（弦を切る）
鬼龍丸　面白い。（と剣をかまえる）
捨之介　女いじめていいのは、俺だけだ！

と、最後の弦を切ると、琵琶の棹を抜く。仕込み刀になっている。その刀で、沙霧を斬る。

沙霧　ぐえ！

驚く鬼龍丸と髑髏党。

鬼龍丸　ああ！
捨之介　他の男の手にかかるくらいなら、この俺が引導を渡してやるぜ!!

沙霧をメッタ斬りする捨之介。
驚いて見ている二郎衛門。

沙霧　ぐえ、ぐわ、ぐひい！

悲鳴をあげる沙霧。川の方に消える。
ザバーンという音。

捨之介　（川面を見て）川に落ちたか。
鬼龍丸　き、貴様、何を。
捨之介　ふ。女殺しというのも罪なものだな。（と、乱れた髪をかき上げる）
二郎衛門　いや、それ、意味が違うし。
鬼龍丸　このバカタレが。死ね！

捨之介に打ちかかる鬼龍丸。
それをさばく捨之介。手強い。
捨之介の仕込み刀が、鬼龍丸の顔の前に。そこで刀を止める捨之介。

鬼龍丸　くそ。（雑兵達に）女を探すのが先だ。行くぞ、お前達。

鬼龍丸、立ち去ろうとするが、立ち止まり、そばにある松の木を殴る。

鬼龍丸　覚えておくぞ、捨之介！

駆け去る鬼龍丸。倒れる松の木。

二郎衛門　あーあ、あの環境破壊男。

捨之介、地蔵のそばによる。

捨之介　ひのふの、み！

仕込み刀を振るうと、地蔵が真っ二つ。
そこに沙霧が立っている。

二郎衛門　おおー！

沙霧　半信半疑だったけど、うまくいったねえ。斬るふりするから、調子あわせろって言われたときは、どうなるかと思ったけど。

二郎衛門　見事な人物のすり替え芸じゃのう。南蛮の手妻使いかい、おぬし。

捨之介　まあ、そんなもんかな。

捨之介、二郎衛門の懐から鳩を出す。

二郎衛門　おおー。
沙霧　すごいや。
捨之介　手妻だけじゃない。女を喜ばせるためなら、何だってやるよ。
二郎衛門　でも、さっきの水音は。
捨之介　祠の裏で団子食ってた丸い男を、突き飛ばした。
二郎衛門　そりゃひどい。
捨之介　だから、女を助けるためなら何だってやる男なんだよ、俺は。（沙霧に）お前、名前は。
沙霧　どうだっていいだろ。
捨之介　わかった。じゃあ俺が当てる。沙霧だな。
沙霧　え、なんで。
捨之介　わかるんだよ。俺くらいの女の達人になると顔見ただけで名前がわかってしまうのですねえ。
沙霧　うそ。
捨之介　うそだよ。（と紙切れを出す）
沙霧　（紙を見て）これは手配書きじゃないか。似顔絵も名前も書いてある。
捨之介　絵図面がどうとか言ってたな。髑髏党相手に何やった。
沙霧　何でもねえよ。
捨之介　まあ、いいか。そのくらい口が堅い方が長生きできる。ほら、行くぞ。
沙霧　行くってどこへ。
捨之介　このままむざむざ見逃すために、下手な手妻使ってお前助けたわけじゃない。

沙霧　え？

捨之介　聞けばこの辺にとびっきりの色街があるっていうじゃねえか。お前みてえなあばずれは、そこに行ってもう少し女っぷりを磨くがいいや。

沙霧　あんた、まさか。

捨之介　言ってなかったっけ。俺は、玉ころがしの捨之介。よろしく。

沙霧　玉ころがし。……じゃあ、人買い！

捨之介　夢を売る男と言ってほしいね。

逃げようとする沙霧を捕まえると、縄でしばる捨之介。指笛を吹くとなぜか荷車が現れる。その荷車に沙霧を乗せる捨之介。

沙霧　（二郎衛門に）お、お殿さま。お願いします。このどスケベ野郎からお助け下さい。

二郎衛門　（捨之介に）強い？

捨之介　男に容赦はしねえ。

二郎衛門　さ、まいりましょうか、捨之介殿。

と、荷車を引く二郎衛門。

二郎衛門　どなどなどーなーどーなー。（などと口ずさみながら荷車を引いていく）

沙霧　あー、ちょっと、助けてー。

二人、消え去る。

捨之介　……狸穴二郎衛門ねえ。ま、いいか。浮き世の義理も昔の縁も、三途の川に捨之介だ。

後に続き、立ち去る捨之介。

——暗転——

第弐景

色里〝無界〟。

無界屋の女達が飛び出してきて、歌い踊る。

中心で歌っているのが極楽太夫。その後ろにおよし、おかな、おくず、おあや、おみゆ、おみほ、おりえ、おさや。

極楽「無界の里は夢の街　叶わぬ夢の果ての街　抱いて極楽一夜の情に　惚れたら地獄それでもよけりゃ　見せてあげましょ　夢のまた夢」

などといった感じの歌を歌っている。

これがこの色街の顔見世らしい。

その歌の途中で出てくる野武士の一団。

忠馬《ちゅうま》、渡京《ときょう》、才蔵《さいぞう》、大騒《たいそう》、張太《ちゃんた》、崇助《たかすけ》、栄吉《えいきち》、杉一《すぎいち》の八人。それぞれ派手な格好。忠馬は、背に斬馬刀のような大刀を背負っている。

この頃はやりの傾奇者の一群だ。その名も関八州荒武者隊《かんはっしゅうあらむしゃたい》。

忠馬　待った待った待った待った。
極楽　もう、誰!?
忠馬　俺だよ、太夫。
極楽　おやおや。誰かと思えば忠馬の旦那。
忠馬　そうだよ、俺だよ。お前の恋人、忠馬だよ。
荒武者隊　うす!
極楽　ご冗談を。顔見世の踊りの邪魔する野暮天を男に持ったおぼえは、毛頭ございませんよ。
忠馬　野暮を承知の乱入だ。なあ、才蔵。
才蔵　うむ。
極楽　おやおや、これはたいしたお覚悟だ。でも、そんな大きな顔ができましたっけ。
忠馬　この忠馬様をなめてやがるな。目を皿にして驚きやがれ。才蔵。
才蔵　ほうら、銭だ。(と、銭袋を差し出す)

受け取る極楽。

渡京　(算盤を出し)これまでにため込んだ酒代、食い物代、女との遊び賃、そして酔って暴れて人にかみついたその薬代と。ざっとあわせて銀十枚。そいつは、それでチャラの筈。
忠馬　それにあわせて、この銭だ。(と、もう一つ銭袋を出す)こいつは今夜の遊び代。どうだ、

極楽　文句はねえだろう。
忠馬　（受け取り）驚いた。これは頑張りなすったねえ。
　ふふん。ためにためたるその銭でためにためたるこの想い。今日という今日は思いっきり
　ぶちまけさせてもらうぞ。
荒武者隊　エイエイオー！
忠馬　たゅー。（と、抱きつこうとする）
極楽　（それをかわして）そうはいきません。

荒武者隊も女達に抱きつこうとするが、かわされる。

男達　なんで。
極楽　わからない？　だったら教えて差し上げましょう。
およし　ここをどこだと思ってますか。
おかな　ここは色街、無界の里。
男達　押忍！
極楽　ここでおなごが抱けると思うたら百年はやい!!
女達　百年はやい!!
男達　え!?
忠馬　……言ってる意味がよくわかんないんですけど。

極楽　この無界の里が売ってるのは春じゃない。夢。
女達　夢！
忠馬　は？
極楽　お金だして、おなご抱いて、それで何が残ります？
忠馬　爽やかな汗。
およし　そう。あなたが汗水たらして稼いだ金が、結局元の汗に逆戻り。それが普通の色街。
おかな　でも、この無界の里は違う。お金出してもお金出しても、あなたの想いはかなわない。
忠馬　そりゃむなしい。
およし　むなしくない。全然むなしくない。逆です。
おかな　今日は駄目でも明日があるさ。明日が駄目でもあさってがあるさ。
極楽　いつの日か必ず、あの夢のまた夢、極楽太夫と朝までしっぽり。
女達　素敵な彼女と朝までしっぽり。
男達　よーし、今日も頑張るぞー！
極楽　ほーら、毎日の生きる目標を、人生の夢を与えてるじゃない。
忠馬　え？　え？　あ、そうか。
極楽　ね。簡単に抱けたら、こうはいかない。
忠馬　待て、待て待て。でも、じゃあ、お前は金もらって何するんだよ。
極楽　綺麗になる。綺麗になってあなたの想い、百年先までどーんと受けとめる。だから、いつまでも応援して下さいね。

女達　応援して下さいね
忠馬　あ、が、頑張って下さい。
荒武者隊　押忍!!

女達、荒武者隊にチアガール用のボンボンを渡す。

忠馬　ようし、お前達、太夫を応援だー！
荒武者隊　押忍！
忠馬　フレー、フレー、ご・く・ら・く！
荒武者隊　フレフレ極楽！　フレフレ太夫！
忠馬&荒武者隊　フレフレ極楽！　フレフレ太夫!!
忠馬　（額の汗をぬぐって爽やかに笑い）いい汗だぜ。

と、そこに捨之介の声。

捨之介　いやー、さすがは天下の極楽太夫だ。男あしらいはたいしたもんだね。

捨之介が現れる。

捨之介　相手が関東の田舎者とはいえ、いやあ手玉にとっちゃあ転がす転がす。抱いて極楽惚れたら地獄、関東一の大太夫とはよく言ったもんだ。俺もその手で転がされてみたいもんだね。
極楽　ここは色里。お望みならば転がしも転がされもしましょうが、あなた様は。
捨之介　俺は玉ころがしの捨之介。お前さん達まぶしい光に吸い寄せられるケチな羽虫ってところだ。ただし、この指だけは蜂の指でね、蜜のありかをよく知っている。
極楽　おまけに刺すと毒もある、とか？
捨之介　毒かどうかは知らないが、この指でこの世の極楽に行った女は、けっこういるかな。どうだい、行ってみるかい、この世の地獄極楽巡り。

と、極楽の身体に指をはわす捨之介。

忠馬　いいかげんにしねえか、このさんぴん！
捨之介　あ、立ちくらみが。
忠馬　なにー。
捨之介　大きな声を出すな。俺は病弱なんだ。
忠馬　なに、すかしてやがんだよ。黙って見てりゃあいけしゃあしゃあと、人の女に粉かけやがって。調子に乗るんじゃねえぞ。
捨之介　騒々しい奴らだな。なんだ、てめえら。
忠馬　聞かせてやれ、才蔵。

才蔵　問われて名乗るもおこがましいが。
渡京　知らざあ言って聞かせやしょう。
大騒　関東名物数々あれど。
張太　人も恐れる坂東無宿。
崇助　桓武平氏の流れを汲んだ。
栄吉　関八州にその名も高い。
杉一　泣く子も笑う傾奇者。
荒武者隊　てんてん天下の荒武者隊。
忠馬　この関東じゃあな、すべてが強い者順だ。太夫口説きたかったら、俺達を倒してからにしな。
捨之介　荒っぽいのは嫌いなんだけどね。
忠馬　だったらとっとと失せやがれ。
捨之介　人に指図されるのも嫌いなんだよ。
忠馬　上等だ。
才蔵　まあ待て、忠さん。大将のあんたに軽々しく動かれたら、こっちが困る。
大騒　こんな奴、俺達だけで充分。
張太　兄貴は下がって見ててくれ。

この騒動の中、渡京は何を思ったか、駆け去る。

忠馬　おう。坂東武者の心意気、見せつけてやれ。
捨之介　やれやれ。見かけどおりの単純な連中だな。
崇助　好き勝手ほざいてるのは今のうちだ。
栄吉　いま、医者送りにしてやるぜ。
杉一　荒武者隊の恐さ、思い知れ！

刀を抜き襲いかかる大騒、張太、崇助、栄吉、杉一。捨之介、手にした琵琶で一息にやっつける。
才蔵も剣を抜く。捨之介を睨みつけるその眼光鋭い。が、鋭いのは眼光だけ。すぐにやられる。

忠馬　くそう、可愛い子分達をこんな目に。てめえだけは許せねえ！
捨之介　だから、そっちが勝手にかかってきてるんだろうが。何なんだよ、お前は。
忠馬　熱い想いをこの手に握り、男の筋は拳固《げんこ》で通す。誰が呼んだかこぶしの忠馬。冥土の土産に覚えとけ。（と、見得を切る）太夫、見てなよ。この拳に託した男忠馬の心意気。
極楽　はいはいはい。
忠馬　おう、張太。てめえの刀かしてやれ。
捨之介　素手の相手に、刀使うわけにもいかんだろう。
忠馬　なめてもらっちゃ困るな。俺の拳は下手な刀よりも強えぜ。
捨之介　じゃ、俺は、こいつでいいや。（と、懐から巻物を出す。口にくわえると指を立て印を組む）
忠馬　下手な忍者かよ。なめるんじゃねえ！

殴りかかる忠馬。
捨之介、巻物を広げる。
そこに描かれている色っぽいお姉さんの絵。

忠馬　あ。(鼻血が出て、上を向く)

その隙に忠馬を殴り倒す捨之介。

忠馬　だああっ!(と吹っ飛ぶ)
才蔵　若い、若すぎるぞ、大将。

と、忠馬を介抱する荒武者隊。
忠馬、意識を取り戻す。
そこに渡京が沙霧に刀を突きつけて出てくる。

渡京　調子に乗るのはそこまでだな、捨之介。
沙霧　あいたたた。
捨之介　さ、沙霧。(渡京に)てめえ。

忠馬　渡京か。
渡京　関八州荒武者隊の知恵袋、小田切渡京《おだぎりときょう》だ。荒っぽいのは苦手でな。この女、無界の大門の横に、縛りつけていただろう。お前が玉ころがしときいてピーンときた。里に入る前に、ちゃんと気づいていていたのだ。
沙霧　だったらそのとき助けてよ。
渡京　俺は算盤ずくでなきゃ、動かないんだ。

と、算盤を出しチャッチャッと鳴らす。

渡京　おおー、いい音だ。俺の友達はお前だけだよ、ソロバンころ助くん。
沙霧　なに、こいつ。
渡京　どうしたね、忠馬の旦那。やられっぱなしだったんだ。礼の一つくらいあってもいいんじゃないか。
忠馬　人質は、好きじゃねえ。
渡京　まあ、そう言うな。このままじゃ俺達、格好つけて出てきたわりには、何にもいいとこなしで退場する羽目になる。太夫の前だ。あんまりかっこ悪い真似もできないだろう。さ、おとなしくしろ、捨之介。
捨之介　ぬぬぬぬぬ。
沙霧　なんか捕まってばっかりだよ、あたし。

渡京　はーっはっはっは。
荒武者&女達　はーっはっはっは。
二郎衛門　はーっはっはっは。（と登場。渡京の背中に刀を突きつける）
渡京　は？
二郎衛門　女の横で新聞チェックしてた男までは気づかなかったようだな。
渡京　しまった。朝の仕事の準備かと思って、そっとしておいた。
沙霧　ははん。どうやら形勢逆転のようね。
渡京　むむむむ。女。
沙霧　沙霧だよ。
渡京　お前、用心棒はいらないか。
一同　は？
渡京　この戦国、女一人で渡っていくのは大変だろう。転ばぬ先の小田切渡京。少しは役に立つ男だぞ。
沙霧　料金は？

渡京、算盤を出すと弾く。沙霧、その額を見て、はじき直す。
渡京、ちょっと上げる。沙霧、ちょっと下げる。
うなずく二人。

渡京　（いきなり沙霧をかばい）この女に手を出す奴は俺が許さん。来い。
大騒　渡京、てめー。
渡京　行く川の流れは絶えずしてしかも元の水にあらず。世間とはこういうものだ。誰が呼んだか、裏切り渡京。
張太　誰も呼んでねえよ。
栄吉　てめえ。まったく。
渡京　ああ、その目。その冷たい目。それが俺の血を騒がせる。これぞ裏切りの醍醐味だ。友達なんかいなくていい！　俺の友達はこいつだけだ。なあ、ころ助くん。（算盤をかまえる）
捨之介　さあ、どうするね。荒武者隊の旦那方。
女達　ごめんなさーい！（捨之介の後ろに回り込む）
捨之介　いいんだよ。全然気にしてないから。
荒武者隊　ごめんなさーい。（続いて回り込もうとする）
捨之介　（二郎衛門の刀を取り）男は容赦しねえ。
荒武者隊　でー！

逃げまどう荒武者隊。大騒ぎ。そのとき銃声。

天に向かって短筒を撃った人物がいる。着流しの黒の羽織に首に大きな数珠をかけている。

無界屋の主人、蘭兵衛《らんべえ》だ。

蘭兵衛　たいがいにしねえか、てめえ達。
忠馬　ら、蘭兵衛。
蘭兵衛　ここは色街。入れば人に境はなくなる、無界の里だ。この世の極楽でいさかい事をするような野暮天にゃあ、この街で遊ぶ資格はねえ。とっとと帰ってもらいましょうか。――忠馬の旦那。あんた方には相当貸しがあったはずですが。
極楽　蘭兵衛さん。（と、忠馬が持ってきた銭袋を渡す）
蘭兵衛　なるほど。こいつは旦那方にしちゃあ、頑張りなすったね。いいでしょう。今日のところはこれで。但し、この無界の里じゃ喧嘩は御法度。今度騒ぎを起こしたら、そんときゃあ出入り禁止ですよ。
忠馬　そ、それは……。
蘭兵衛　そちらのおあにいさん。さっきから好き勝手やってくれてるようですが、あんただって同様だ。（顔を見て）……あ。
捨之介　よお。（にやにやしている）
蘭兵衛　……お前、まさか。
捨之介　久しぶりだなあ。大した羽振りじゃねえか。無界屋の蘭……兵衛さん。
沙霧　あー、てめえら、ぐるか。はめやがったな！
捨之介　はっはっは。玉ころがしが色街の主《あるじ》と一つ穴のむじななのは、断るまでもねえこった。蘭兵衛、その娘、ちょっと預かっててくれ。
沙霧　じょ、冗談じゃない。あたしは春は売らないよ。

捨之介　油でも売っときゃいいんだよ。死ぬよりはましだろ。
蘭兵衛　何のわけありだ。
捨之介　こいつは髑髏党に追われててな。木の葉を隠すなら森の中、女を隠すなら女の中だ。ほとぼりがさめるまでここに置いてくれ。
蘭兵衛　相変わらず女には甘いな。
捨之介　当たり前だ。
蘭兵衛　しかし、いつからこんな若いのが趣味になった。
捨之介　先行投資は怠らないんだよ。いわば、愛の厚生年金。
沙霧　そのうち破綻するよ。
蘭兵衛　して、そちらのお侍様は……。
二郎衛門　お侍なんて大したもんじゃない。主《あるじ》もなければ家もない、三界《さんがい》に枷なしのやせ牢人狸穴二郎衛門。故あってそこの捨之介殿と道行きを共にしとる。
蘭兵衛　……狸穴二郎衛門、様ですか。
二郎衛門　様は、余計ですぞ。無界屋蘭兵衛殿。

蘭兵衛、二郎衛門、互いに顔を見つめ若干の沈黙。

蘭兵衛　……おくず、おあや。門を閉めてこい。今日は早じまいだ。
おくず・おあや　はーい。（立ち去る）

蘭兵衛　お前達もあがりだ。部屋に戻っていいぞ。
女達　やりぃ！
極楽　（沙霧に）無界の里は女の極楽。何があったか知らないけど、安心してまかせなさい。
およし　（沙霧に）きれいな肌だねえ。（と、指でなで、沙霧に妖しい視線）おねえちゃんが、磨いてあげようて。うひゃひゃひゃひゃひゃ。
沙霧　おねえちゃん？
およし　おばはん、言うな！
沙霧　言ってないよー。
おかな　まあまあ。行くよ。
沙霧　はい。ちっちゃいおばちゃん。
おかな　しばくで、こら。

などと言いながら沙霧を連れていく。

蘭兵衛　（忠馬たちに）申し訳ありません。ちょいと野暮用がありまして、里を閉めさせていただきます。今日のところはお引きとりを。
忠馬　じょ、冗談じゃねえや。このまま引き下がっちゃあ、俺達はただの気のいい村の青年団じゃねえか。今日という今日は、太夫といい仲になるまで、ここを一歩も動かねえぞ。
荒武者隊　押忍！

極楽　……しょうがないねえ。蘭兵衛さん、お座敷一つ使わせてもらいます。大丈夫大丈夫。（口車にのせてすぐに追い返すという仕草）さあ、こっちにどうぞ、忠馬の旦那。

忠馬　おおーっ。お前達、いっくぞー。

荒武者隊　荒武者隊ー、ふぁいっおー、ふぁいっおー。

極楽の後に続いて、荒武者隊消える。
門を閉めて戻ってきたおくずとおあやに言う蘭兵衛。

蘭兵衛　その旦那方もお座敷にお通ししろ。

おくず・おあや　はーい。さ、こちらに。

二郎衛門　おやおや、これは。

渡京　この誘惑は、勘定に合うぞ。

二郎衛門と渡京、二人についていく。
二人きりになる捨之介と蘭兵衛。

蘭兵衛　あの侍……。お前、なぜ。

捨之介　偶然だよ。さっき、そこで一緒になった。なあに、気にすることたぁねえ。お前が色街の主、無界屋蘭兵衛である限りは、あいつも牢人狸穴二郎衛門だろうよ。

蘭兵衛　しかし……。
捨之介　ここは色街。入れば人に境はなくなる無界の里だろ。蘭兵衛さん。
蘭兵衛　ひやかすな。
捨之介　朴念仁のお前が、色街の主人とはねえ。いや、世間とはおもしれえ。
蘭兵衛　成りゆきというやつだ。女達を束ねてなんぼの亡八稼業。ほんとならお前の方が似合いの仕事だろう。
捨之介　俺にはここまでしょいこめねえよ。浮世の義理をすべて流して三途の川に捨之介ってのが今の通り名だ。
蘭兵衛　……捨之介か。お前らしいな。で、そのすべて流した筈の捨之介がこの関東に何の用だ。さっきの女がらみか。
捨之介　ありゃあ、ただの行きずりだ。
蘭兵衛　行きずりねえ。捨てても捨てきれねえのが女との縁かい。
捨之介　女だけなら苦労はすめえよ。捨てきれねえ縁がここまで足を運ばせた。無界の里の噂を聞いて、もしやと思ったのと、もう一つ。
蘭兵衛　……髑髏党か。
捨之介　ご名察。なんでも、この関東を第六天に変えるとかうそぶいてるって話じゃねえか。
蘭兵衛　お前、まさか、天の殿様が……。
捨之介　一番、そう願ってるのはおめえじゃねえのか。
蘭兵衛　……確かにな。が、あの死にざま見せられれば、そうは思えないよ。思いたくてもな。

捨之介　腹を〝天〟の字にかっさばいて、なお、自分で自分の首はねるなんざあ、あのお方でなきゃあできねえ芸当だ。よっぽど光秀の謀反が腹に据えかねたんだろうなあ、信長公は。

蘭兵衛　私がもうちょっと、奴の動きに気を配っていれば、むざむざあんなことには……。

捨之介　それを言うなら俺も同罪だ。今さら言っても仕方あるめえよ。となると、もう一人。俺には、その方がよっぽど剣呑に思えるね。

蘭兵衛　生きているのか、奴が。

捨之介　少なくとも本能寺じゃ、死んじゃいねえ。天魔王《てんまおう》たあ、ふざけた名前をつけやがる。

蘭兵衛　そうか……。（首の数珠を握りしめる）

捨之介　……ま、これ以上は今心配しても仕方ねえだろ。せっかく来たんだ。俺も少し遊ばせてもらえるかな。

蘭兵衛　それはお前の腕次第だな。

捨之介　え？

蘭兵衛　ここの女達は一筋縄ではいかないぞ。

そこに忠馬の雄叫び。

忠馬　うおおおおおっ！

忠馬の頭に輪っかがはめられ、その輪からは前方に棒が伸び、その棒の先から紐で小さな極楽の人形が下がっている。目の前に極楽人形がぶら下がっている忠馬は、それを捕まえようとするが、当然捕まえられない。そのまま前に走ることになる。

忠馬　たゅー、待ってくれ、たゅー。

そのまま、駆け抜ける忠馬。

蘭兵衛　な。

捨之介　騙される方に問題があるんじゃ。

引きちぎったのか、極楽人形を握って嬉しそうに出てくる忠馬。

忠馬　たゅー、もう放さないぜ。たゅー。

その頭をはたく捨之介。

忠馬　いてえな、何しやがんだ。ああ！（衝撃で正気に戻る。人形を見て）これは、太夫じゃねえ‼

捨之介　お前、彼女に悪い術をかけられただろ。

浮かび上がる極楽。忠馬の回想だ。

極楽　（極楽人形を目の前で左右に振り）ほーら、これがあたしよー、この人形があたしー。（と、催眠術をかける）

忠馬　あ、たゆーだ。

極楽　ほうら、追いかけて忠馬。あたしをつかまえて。

忠馬　待てよ、たゆー。

極楽　あははははは。

忠馬　あはははは。

笑いながらスローモーションで駆ける二人。
再び、忠馬をはたく捨之介。
正気に戻る忠馬。回想の極楽、消える。
忠馬の手に残されたのはちっぽけな極楽人形。

忠馬　なぜだ、太夫。なぜ俺の想いをわかってくれねえ!!

捨之介　暑苦しいからじゃないか。

忠馬　なにー！

蘭兵衛　まあまあ。

そのとき、門をどんどんと叩く音。

捨之介　どうした。

メキメキと門が壊れる音。

蘭兵衛　門だ。門がやられた⁉

なだれ込んでくる黒甲冑の兵隊。髑髏党鉄機兵だ。
彼らを率いるのは髑髏党幹部の乱《みだれ》の剛厳丸《ごうがんまる》。

剛厳丸　無界屋、無界屋蘭兵衛はいるか。
蘭兵衛　私でございます。
剛厳丸　喜べ。この土地に、我らが出城を作ることになった。今日の日暮れまでに速やかに立ち退くがいい。
蘭兵衛　お言葉ですが、日暮れまでとおっしゃられても、もう陽は西に傾いております。こちらにも、準備というものが……。
剛厳丸　言い訳はいい。おい。

と、合図で松明を持った鉄機兵が現れる。

蘭兵衛　なにを。

剛厳丸　すべて灰になれば、準備もいらぬだろう。やれ！

松明を持って、奥に駆け込もうとする鉄機兵を殴り飛ばす忠馬。

忠馬　そんなことさせるかよ、馬鹿野郎。この無界の里はな、俺と極楽太夫の愛のすいーとほーむなんだよ。な、太夫。（と、思わず手の人形に話しかける。そのことに自分で気づいて逆ギレ）とにかく、この里には指一本触れさせねえぜ！

捨之介　どうやら、初めて意見があったようだな。（髑髏党に）こっから先は、野暮は通せねえ。刀おいて出直してきな。

蘭兵衛　やれやれ。……古人曰く、身に振る火の粉ははらわにゃならないってな。（襲ってきた鉄機兵から刀を奪い取る）

捨之介、忠馬、蘭兵衛、ポーズを決める。

剛厳丸　ぬぬぬぬぬ。

と、そこに現れる鬼龍丸。

鬼龍丸　剛厳丸、ここはまかせろ。
剛厳丸　おう、鬼龍丸か。
捨之介　てめえ。
鬼龍丸　ここに絵図面の女が隠れているぞ。
剛厳丸　なに。
鬼龍丸　その男がいるということは、そういうことだ。
捨之介　お見通しかい。
鬼龍丸　貴様に騙されさんざん探し回ったぞ。剛厳丸、行け。沙霧の行方、天魔王様よりも先に我らが探し出さねば、まずいことになる。
剛厳丸　わかった。行くぞ、お前達。
捨之介　させるかよ。

剛厳丸に打ちかかる捨之介。
が、そこに現れる小柄な男。琉球の民のような姿をして、両手にサイを持つ。無名《ななし》である。

鬼龍丸　無名か。

無名　手助け、する。

無名の攻撃の速さに、足を止められる捨之介と蘭兵衛。

その隙に鉄機隊を率いて奥に行く剛厳丸。

忠馬　野郎！
捨之介　行け、忠馬。
蘭兵衛　太夫達を頼む。
忠馬　合点だ！

捨之介と蘭兵衛、鬼龍丸と無名を牽制する。

忠馬、剛厳丸の後を追って走り去る。

鬼龍丸・無名対捨之介・蘭兵衛。

髑髏党二人のコンビネーションに対し、捨&蘭も負けてはいない。

鬼龍丸に打ちかかる捨之介。が、何かいやなものを感じた蘭兵衛、その捨之介を引き下げる。

直後、鬼龍丸の腕から火矢が打ち出される。

蘭兵衛のおかげで捨之介、それをかろうじてかわす。その蘭兵衛に背後から襲いかかる無名。

それに気づいた捨之介、無名のサイを打ち払う。

捨之介　勘は鈍ってないようだな。

蘭兵衛　お互いにな。

捨之介　（鬼龍丸に）火矢を仕込んでるとは、随分、えぐい手を使う男だ。

鬼龍丸　名付けて鬼龍爆連殺《きりゅうばくれんさつ》。この鋼の鬼龍丸、全身が武器だ。捨之介。俺をペテンにかけた罪、思い知らせてやるぞ。

捨之介　俺の舌先は女に夢を見せるためのもの。男相手に使うのははなはだ不本意なんだけどな。

鬼龍丸　ふふん。二枚目気取りもたいがいにしろ。喰らえ、鬼龍閃光破《きりゅうせんこうは》！

鬼龍丸の胸がまぶしく輝く。ストロボが発光したのだ。目がくらむ捨之介と蘭兵衛。その隙に襲いかかる無名と鬼龍丸。飛びかかる無名。捨之介、彼を掴むと鬼龍丸に投げつける。二人、ぶつかり転がる。

捨之介　いまだ。逃げるぞ。

と、その隙に逃げ出そうとする捨之介と蘭兵衛。が、その行く手を阻む一人の男。魔母衣衆《まほろしゅう》の龍舌《りゅうぜつ》だ。カポエラの動きで、捨之介の剣を払い、いったん離れる。

龍舌　剣をおさめよ。鬼龍丸、無名。

鬼龍丸　龍舌。なぜ貴様が。

続いて魔母衣衆、胡蝶《こちょう》、玉花《ぎょっか》、富貴《ふうき》、素心《そしん》が現れる。

胡蝶　おさめよ鬼龍丸。それが天魔王様のご意志。

鬼龍丸　なに。

龍舌　ここはよい。お前は、女を探せ。

鬼龍丸　（捨之介達に）……貴様ら、命を拾ったな。

鬼龍丸、無界屋奥に駆け込む。
捨之介と蘭兵衛、彼の後を追おうとするが、龍舌と無名が押しとどめる。同時にただならぬ気配を感じる捨之介と蘭兵衛。
と、一転にわかにかき曇り、稲妻が走る。
にわか雨だ。
黒甲冑の兵団が捨之介達の周りを取り囲む。
鉄機兵達だ。整列すると、ゆっくりと異形の鎧に身を包んだ男が現れる。
関東髑髏党党首、天魔王《てんまおう》である。鋼でできた黒ずくめの鎧兜に髑髏の面が稲光に妖しく映える。

蘭兵衛　……天魔王。

捨之介　……ほう。髑髏党の主が早々におでましとはな。
胡蝶　天魔王様も、貴殿達に会いたがっておられた。蘭兵衛、そして捨之介。
捨之介　もうその名前を知っているのか。さすがだね。
龍舌　この関東で天魔王様が知らぬことなど何もない。
胡蝶　特に、捨之介、貴殿のことは、関東入国の折から気にかけておられた。
捨之介　そいつは光栄の至りだ。だったら、ついでに、その仮面の下に隠したお顔が拝見できると非常に嬉しいんですけどね。
天魔王　(低く笑い)　いいのかな。見ると後戻りできなくなるぞ。
捨之介　上等だ。
蘭兵衛　見せていただきましょうか、その素顔。

天魔王、中央に歩み出て振り返るとゆっくりと仮面をはずす。背を向けているので、客席には顔は見えない。稲妻。

蘭兵衛　……やはり、お前か。
捨之介　やめとけやめとけ。俺達の夢は天の殿様が倒れたところで潰えた筈だ。今さら、人が天になろうとしても、二本横棒が足りねえよ。
天魔王　足りないのなら、足せばいい。(二人を指す)
蘭兵衛　え……。

捨之介　ばかばかしい。人の字に俺達二人足したって、天にはならず、夫になるのが精いっぱいだ。俺は御免だね。

天魔王　ならば、死ね。

捨之介に襲いかかる龍舌、無名。

捨之介　それも御免だ。

二人の剣をかいくぐって、天魔王にかけよると、刀を振り下ろす捨之介。が、天魔王の鎧に弾き返される。

捨之介　なんだと!?

嗤う天魔王、護ろうとする無名を制して、捨之介を挑発する。捨之介、もう一度打ちかかるが、効かない。天魔王、捨之介の刀を手で摑むと奪い取って放り投げる。

蘭兵衛　捨之介！

と、蘭兵衛、短筒を撃つが天魔王には効かない。

蘭兵衛　……そんな。

胡蝶　天魔王様こそは天魔の御霊《ごりょう》。人間の武器では傷つかぬ。

捨之介　秘密は、その鎧か。ただの鉄じゃねえな。南蛮物か。

龍舌　我が殿は不死身。わかったらおとなしく軍門に下るがいい。

そこに駆け込んでくる二郎衛門。

二郎衛門　待った待った待った待ったー！

天魔王　（二郎衛門を見て）！

二郎衛門　貴様が噂の天魔王か。三界に枷なしのやせ牢人、狸穴二郎衛門まいる。（刀を抜く）

捨之介　おっさん、下手に手ぇ出すと大怪我するぞ。

二郎衛門　そうはいかん。儂もこの里が気に入ったのよ。

蘭兵衛　どうだか。

天魔王　（襲いかかろうとする配下を制して）よせ。（捨之介達に）天に唾する愚かさを知らぬ痴れ者どもよ。少し考える時をやろう。共に天を目指すか、それとも死ぬか、次に会うときまでに決めておけ。

嗤いながら立ち去る天魔王一党。

蘭兵衛　待て！
捨之介　やめとけ、今の俺達のかなう相手じゃねえ。
蘭兵衛　……捨之介。
捨之介　どうやら、おっさんに命救われたようだな。
二郎衛門　儂か。おう、儂は強いぞ。
蘭兵衛　とぼけるなあ、この狸親父は。

と、女達の悲鳴が聞こえる。

捨之介　忠馬の野郎、何やってやがんだ。

捨之介、奥に走り去る。

二郎衛門　あ、おい。（捨之介の後に続く）

蘭兵衛、天魔王を追おうかと若干躊躇するが、結局、捨之介の後に続く。

——暗転——

第参景

無界屋奥。
逃げまどう女達。追い回す鉄機兵。
鬼龍丸が駆け込んでくる。

鬼龍丸　剛厳丸、女は。沙霧は見つけたか。
剛厳丸　おう。

剛厳丸と鉄機兵、沙霧と極楽を連れてくる。

沙霧　あいたたた、何すんのさ。
剛厳丸　このとおりだ。
鬼龍丸　(極楽を見て) こっちは何だ。
剛厳丸　それは、今夜のお楽しみだ
極楽　えー。

鬼龍丸　渋い顔して、やることはやるか。
剛厳丸　ふふ、人生、楽しみは積極的に見つけていかんとな。
鬼龍丸　さて、絵図面はどこだ、沙霧。落ち着いて答えろよ。でないと、この里の全員が死ぬことになる。
極楽　なんだか知らないけど、渡すことはないよ。こんな奴らにやられるほど、この街はやわじゃない。
鬼龍丸　……赤針斎《せきしんさい》は死んだぞ。
沙霧　え！
鬼龍丸　赤針斎だけじゃない。弥助も希三郎も小巻も、一族郎党みな死に絶えた。生きているのはお前だけだ、沙霧。
沙霧　そんな。
鬼龍丸　貴様がいけないのだ。我が髑髏城の絵図面を持ってどこに行くつもりだった。
沙霧　……あんただね、殺したのは。
鬼龍丸　さて、そうだったかな。
極楽　さいてー！
鬼龍丸　死ぬか、女！

大刀を構える鬼龍丸。

剛厳丸　まあ、待て。女はじわじわ殺すに限る。
極楽　変態が！
忠馬　うおりゃああああああああああああっ！

忠馬、剛厳丸の背後から駆け込んできてラリアットを決める。同時に才蔵、大騒、張太、崇助、栄吉、杉一が現れ沙霧を救う。

才蔵　大将、こっちはまかせろ。
忠馬　才蔵か、頼んだぜ。大丈夫か、太夫！（と両手を広げる）
極楽　ありがと。（と、さっさと駆け去る）
忠馬　あ。（ちょっと寂しい）
才蔵　むくわれないなあ。
忠馬　（そのむなしさを怒りに変える）今宵の拳は血に飢えてるぞ。てめえら、心してかかってきやがれ！
剛厳丸　このイモ侍が！
鬼龍丸　誰を相手にしてるか、わかってるのかな。
忠馬　わかってらあ。瘦せても枯れても桓武平氏の流れを汲んだ坂東武者だ。関東髑髏党相手なら喧嘩のしがいがあるってもんだぜ。

ポーズを決める荒武者隊。

鬼龍丸　なめるな！

荒武者隊に襲いかかる鬼龍丸。
剛厳丸の相手をしている忠馬を後目に、荒武者隊をなぎ倒す鬼龍丸。
かろうじて沙霧を護る才蔵。が、鬼龍丸に倒される。

忠馬　才蔵！

倒れている才蔵の胸に剣を突きつける鬼龍丸。

鬼龍丸　動くな。下手に動くと仲間が死ぬぞ。
忠馬　貴様。
才蔵　俺にかまうな。やれ、大将！

剛厳丸、忠馬を殴り飛ばす。

剛厳丸　さっきのお返しだ。

忠馬　くそう。

鉄機兵の反撃。苦戦する荒武者隊。

鬼龍丸　終わりだな！（忠馬にとどめを刺そうとする）

と、そこに一発の銃声。鬼龍丸、足を止める。

鬼龍丸　誰だ⁉

極楽を中心に無界屋の女達登場。全員、たすきがけに紫頭巾をして銃を構えている。

極楽　お待ちなさい、さいてー男に変態野郎。
剛厳丸　なにやつ⁉
極楽　悪党に名乗る名前などない！　無界の里はあたし達が護ります。これ以上、あなた方の好きにはさせない。
鬼龍丸　ははん、たかが女に何ができる。
極楽　こういうことができる。

女達、一斉に銃を撃つ。

鬼龍丸　なに⁉

剛厳丸　れ、連発式⁉

蜘蛛の子を散らすように去る鉄機兵達。

剛厳丸　あ、お前達。

鬼龍丸　馬鹿者、そんな銃がこの鬼龍丸に効くか！

再び銃撃。剣で弾をさばく鬼龍丸。
が、銃撃が終わると、その剣が粉々になる。

鬼龍丸　ああ！

極楽　悪の栄えたためしなし。観念なさい、髑髏党。

鬼龍丸　ぬぬぬぬぬ。

剛厳丸　腕の爆連殺は。

鬼龍丸　弾切れだ。

剛厳丸　では、どうする。

鬼龍丸　逃げよう。

逃げようとする鬼龍丸と剛厳丸。
立ちはだかる忠馬と荒武者隊。別の方向に逃げようすると無界の女達が銃を構える。後ろに回ろうとするが、捨之介、蘭兵衛、二郎衛門が現れて行く手を阻む。別の方向に走る邪鬼丸と剛厳丸の前に渡京が登場。彼を睨みつける鬼龍丸。

渡京　(鬼龍丸に) さ、逃げ道はこちらです。
一同　おい。
剛厳丸　おぬし、名は。
渡京　小田切渡京。しんがりは引き受けました。
剛厳丸　覚えておくぞ、渡京。

走り去る鬼龍丸と剛厳丸。後に続く渡京。

渡京　ふ、強い者にはやられろ、だ。(走り去る)
忠馬　なに、いばってんだよ、ばか!
捨之介　……仕方ねえ。ありゃ病気だ。
極楽　では、私達はこれで。ごきげんよう。

女達　ごきげんよう。（立ち去ろうとする）
捨之介　ごきげんようって、どこ行く気だ、極楽。
極楽　（立ち止まり）……なぜそれを。（頭巾をとる。いきなり関西弁になる）さすがは玉ころがしの捨之介はんや。この変装をよく見破った。
女達　さすがや。（頭巾をとる）
捨之介　誰だってわかるよ、そんなの。
忠馬　あーっ、てめえは極楽太夫ーっ!!　全然気づかなかった。
捨之介　おいおい。
才蔵　太夫、どうして鉄砲なんか!?
極楽　うちらは、雑賀《さいか》党の生き残りや。このくらいはわけあらへん。
捨之介　雑賀党だと。あの紀州の鉄砲衆のか。どういうこった。
蘭兵衛　見てのとおりだ。こいつらは秀吉に逆らって滅ぼされた雑賀党の娘たちだ。西に住めなくなってここまで流れてきた。
極楽　ま、そういうこっちゃ。
二郎衛門　みんな、いろいろあるのお。
忠馬　なんか、西の言葉もいかすぜ、太夫。
才蔵　しかし、なぜこの女が髑髏党につけ狙われなきゃならない。
忠馬　おう、そうだ。
極楽　髑髏城の絵図面を持ってはるらしいよ。

沙霧　あ、しー、しー。
捨之介　なるほどな。見せてみろ。

抵抗する沙霧だが、捨之介の表情に懐から絵図面を取り出す。
捨之介、絵図面を眺めると蘭兵衛に渡す。

蘭兵衛　これは……ただの絵図面じゃないな。髑髏城の抜け道から何から全部書いてある。
沙霧　……設計図だ。
二郎衛門　そうか。今から大坂相手にどでかい喧嘩仕掛けようというときだ。城の絵図面なんぞが敵方に渡っちゃあ、そりゃまずいぞ。
極楽　大坂？
二郎衛門　なんでも二十万近い兵を率いて、関東に向かっとるらしい。浪速の猿が。
極楽　二十万……。
蘭兵衛　いよいよ関東潰しか……。
捨之介　潰したいのは、天魔王だろう。誰でもいい。奴の首をとったら金五百枚。賞金までかけてるらしいからな。
二郎衛門　ああ、そんな噂は聞いたことがあるぞ。
忠馬　秀吉に、天魔王。俺たちゃその板挟みか。冗談じゃねえ。
才蔵　まったくだ。

蘭兵衛　沙霧だったな。どこで手に入れた。その絵図面。
沙霧　……手に入れたんじゃない。元からうちのもんだ。
蘭兵衛　うち？
極楽　さっき、赤針斎がどうとか言うとったけど……。
捨之介　赤針斎？　あの、熊木赤針斎か。
忠馬　せきしんさい？
捨之介　築城術、城を築くことにかけちゃあ右に出る者なしと言われた天才だ。
二郎衛門　そうか。髑髏城は一夜にして築かれたと言われとるが、なるほど、赤針斎殿の仕事なら得心がいく。が、その絵図面を、どうして。
沙霧　……恐くなったんだよ、天魔王が。秀吉の軍に負けない城を。その気持ちで作ってたのに、天魔王はこっちが思ってた以上に恐ろしい男だった……。仕事が終われば皆殺しか。死人に口なし。あいつらしいやり口だ。
蘭兵衛　……みんな、やられたらしいよ。さっき、あのさいてー野郎が言うとった。
極楽　たまんねえなあ……。
忠馬　……三河の徳川家康の元に走って、お前だけでも命を救ってもらえって。家康なら調子のいい奴だから適当にべんちゃら言っときゃなんとかなるって、そう、じいちゃんが……。
沙霧　なのに、結局……。みんな、ばかだ。

駆け出そうとする沙霧。

捨之介　どこに行く。
沙霧　どこでもないよ。
捨之介　敵討ちか。やめとけやめとけ、柄じゃねえ。
沙霧　お節介だねえ。何のつもり。
捨之介　前に言っただろう。俺は、俺以外の男が女泣かせるのを見ると我慢ができないんだよ。
沙霧　ふん、言ってな。
蘭兵衛　……前門の髑髏、後門の秀吉か。ここも潮時かもしれんな。
二郎衛門　また、戦《いくさ》になるか……。
極楽　蘭兵衛さん、うちら戦うよ。戦で村を焼かれてボロボロになってこの関東にたどり着いて、ようやく作ったこの街や。もうどこにも行けん。この無界が最後の砦や。ここがのうなったら、どこ行ってもおんなしや。腹は決めとるで。

女達、うなずく。

蘭兵衛　髑髏党二万人相手にどう戦う。
忠馬　決まってらあ。二万回ぶん殴るだけのことだ。
蘭兵衛　忠馬。
忠馬　なに、おじけづいてるんだ。髑髏党二万人、秀吉軍二十万人。あわせて二十二万回、ぶん

蘭兵衛　殴ればすむだけのことじゃねえか。
忠馬　無茶を言うな。
捨之介　おいおい。無茶を通すのが俺達傾奇者だろうが。そんな言葉は言うだけボヤだぜ！
才蔵　火事なのか？
忠馬　野暮だ、大将。
うるせえうるせえ、俺の胸が燃えてるんだよ。いいか、よーく覚えとけ。この無界の里を護るのは、桓武平氏の流れを汲んだ坂東武者の、この関八州荒武者隊だ。いーや、とめても無駄だ。惚れた女を護るためでっけえ敵と戦う。男冥利に尽きるってもんだぜ。な、太夫！

と、そこに現れる仁平。
ずぶぬれ。そして手に川魚。

仁平　なに、格好つけとるだ、忠太《ちゅうた》。
忠馬　あ、あにさ。
一同　あにさ？
忠馬　あ……。
仁平　やっと見つけただに。何が桓武平氏だ。おめさは、ただの水飲み百姓のせがれでねえだか。さ、村さけえっぺ。おっとうもおっかあも待っとるだに。

忠馬　ど、どなたさまですかね、あなたさまは。
仁平　とぼけても遅いだに。おめさのあにさの仁平だ。ほれ、この顔忘れただか。まったく、この関東ちゅうのはおっかねえとこだ。人が団子食ってたら、いきなり川に突き落とされた。
捨之介　あ……。

すまんと、気づかれないように小さくおがむ。
そのあと隅に行って何やら書き物をする捨之介。

仁平　噂通りに恐ろしいところだ。さ、けえっぺ。
忠馬　もう、やだなあ。おじさんは何か勘違いなさってる。俺は忠馬。
仁平　うんにゃ、おめえはちゅーちゅー忠太だ。村一番騒々しいお調子者の忠太だ。おらの目に狂いはねえだ。村のもんもみんなおめえの罪は許す言うとるだ。さ、けえっぺ。ふが。

仁平、忠馬にみぞおちを殴られて気を失う。

忠馬　おや、どうしたのかな。気分でも悪くなったのかな。おめえ達、このおっさんを向こうに連れていけ。
荒武者隊　へ、へえ。

気絶した仁平を連れていく荒武者隊。

忠馬　と、とにかく、俺はやる。太夫、見ていてくんろ！

極楽　くんろ？

忠馬　…………。（顔色を変えて走り去る）

極楽　（その後ろ姿を見送って）……あほやなあ。

蘭兵衛　まったくだ。恐いもの知らずにもほどがある。

二郎衛門　が、ひょっとしたら、今いちばん武士《もののふ》らしい武士《もののふ》かもしれんなあ。もう少し厄介になるぞ、蘭兵衛殿。（立ち去る）

蘭兵衛　……あの狸親父、何を考えてることやら。

それまで隅で書き物していた捨之介、懐から鳩を取り出し、足に書き物を巻き付けると飛ばす。

捨之介　行け。（蘭兵衛に）敵に回るつもりならとっくに回ってるだろうさ。

蘭兵衛　しかし……。

捨之介　ここは忠馬が言うとおりかもしれねえな。こんないい街潰されてたまるかよ。

蘭兵衛　いい街？　ここがか。

捨之介　ああ、女達はべっぴんで男達はみんな馬鹿。こんな街はそうざらにはねえぞ。おめえにしちゃあ上出来だ。

蘭兵衛　そうかな。
捨之介　ああ。
蘭兵衛　いい街か……。やってる本人がわかってねえようじゃ仕方ねえなあ。
極楽　蘭兵衛さん……。
捨之介　いいか、蘭兵衛。五日で戻ってくる。それまで、下手に動くんじゃねえぞ。てめえの心にどんな波風が立とうが、知らぬ顔の蘭兵衛を決め込め。わかったな。
蘭兵衛　何企んでる。
捨之介　秀吉よりも先に天魔王を倒す。それが、この街を護る最後の手だ。先走るなよ。いいな。
沙霧　捨之介、あんた何者なの？
捨之介　俺か。俺は女の味方だよ。

言い残して立ち去る捨之介。

沙霧　なに、かっこつけてんだよ。なんだい、あの男は。
蘭兵衛　詮索はいいからさっさと寝ろ。部屋は用意してある。太夫、案内を頼む。
極楽　わかったわ。おいで。さ、はよ。
沙霧　う、うん。

女達、立ち去る。

蘭兵衛　（一人残り）……下手に動くな、か。お前はいつまでも若造扱いだな。しかし、そうもいかんぞ。

苦笑いをするが、その表情はすぐにかたくなる蘭兵衛。

——暗転——

第四景

とある山奥。暗闇。

カーン、カーンと刀を打つ音。

明るくなる。自分の打った刀に見ほれている刀鍛冶。顔に無数の刀傷。贋鉄斎《がんてつさい》である。前に大きな砥石。

その横に控える弟子。名をカンテツという。

贋鉄斎　美しい、刀とはまっこと美しい。わかるか。
カンテツ　うつくしい、タナカとはまっことうつくしい。
贋鉄斎　タナカではない。刀だ。儂が打った刀だ。この刀こそ、まっこと美しい。
カンテツ　ああ。タナカこそマコト美しい。タナカマコト？　誰？
贋鉄斎　知るか。儂に聞くな！
カンテツ　菊名！　タナカマコトは菊名に住んでる？　東横線だ。東横線のタナカ。（手にメモすると飲み込む）よし。（満足の笑顔）
贋鉄斎　意味のない情報を暗記してどうする。

カンテツ　え。

と、そこに現れる剛厳丸と鉄機兵。

剛厳丸　そこまでだ、贋鉄斎。

刀を抜く鉄機兵。

贋鉄斎　なんだ。刀の研ぎ直しにでもきたのか。
剛厳丸　命はもらった。
贋鉄斎　誰の指図だ。
剛厳丸　すべては天魔王様のご意志。
カンテツ　わかった。貴様らが東横線のタナカだな。
剛厳丸　違う。やれ！

打ちかかる鉄機兵。

カンテツ　あぶない、親方！

玄翁を持ったカンテツ、その鉄機兵達をぶちのめす。

剛巌丸 ぬぬ。

カンテツ どうだ。貴様らタナカ風情に、親方には指一本触れさせねえぞ。

剛巌丸 タナカではない。関東髑髏党だ。(と、短筒をかまえる)

カンテツ う。

カンテツ、ジリジリ動きながら、剛巌丸と自分の間に砥石がくる位置に移動する。

剛巌丸 さすがに鉄砲にはかなわないだろう。まずは貴様から血祭りにあげてやる。死ね!(銃を撃つ)

剛巌丸が撃った瞬間、両手を眼前であわせて真剣白刃取りの構えのカンテツ。

剛巌丸 ええ!?

贋鉄斎 ふ。この贋鉄斎をなめてもらっては困る。儂は、自分が打った刀でなければ死なぬ!!

剛巌丸 戦ってるのは全部弟子じゃないか。

贋鉄斎 それも師匠の器量のうちだ。

カンテツ ウチダさん? 誰?

そこに刀を抜いて飛び込んでくる捨之介。

捨之介　贋鉄斎！
剛巌丸　あ、貴様。
カンテツ　（捨之介を指し）ウチダさん？
捨之介　剛巌丸、てめえ。
剛巌丸　くそー、覚えてろ！

煙玉を投げると、走り去る剛巌丸。

贋鉄斎　知り合いか。
捨之介　さすが、天魔王だ。指図がはええ。
贋鉄斎　さっきからよく、その名前が出てくるな。なんだ、その天魔王ってのは。
捨之介　無敵の鎧に身を包み、もう一度信長公の夢をかなえようとしている男。それが天魔王だ。
俺と同じ、信長公の亡霊だよ。
贋鉄斎　……人《じん》の男か。
捨之介　ああ。
贋鉄斎　……随分となつかしい名前だな。で、お前は、その天魔王を叩き斬ろうとしているというわけだな。

捨之介　そういうことだ。知らせは届いているようだな。

贋鉄斎　ああ。あの無敵の鎧なら一度安土の城で見たことがある。風呂椅子とかなんとかいう南蛮人が持ち込んできた……。毛唐もなかなかやるもんだな。こう、節々にバネが入っていてな、人の力を倍にする。さすがに、七つの海を股にかける奴らだ。面白いことを思いつく。

捨之介　鉄砲の弾さえ弾き返す代物だ。それを一刀で叩き斬る刀ができるのか。

贋鉄斎　儂を誰だと思っとる。天才、贋鉄斎様だぞ。

捨之介　おお。

贋鉄斎　どうやらさっきの奴らは、それを恐れて儂を襲ってきたようだな。

捨之介　すまねえ。

贋鉄斎　かまわぬよ。お前はいつも儂の所に無茶な注文を持ち込んでくる。お前の知らせを受けてから、三日間、ずっとそいつで頭がいっぱいだ。三日三晩ずっと眠っておったわ。

捨之介　寝てたのかよ。

贋鉄斎　心配するな。その間、ずっとこの弟子のカンテツが働いておった。

カンテツ　うす。もう四日寝てないす。

捨之介　大丈夫なのか。

贋鉄斎　心配するな。頭は悪いが腕は確かだ。無敵の斬鎧剣《ざんがいけん》。もう一晩で打ち上がる。

捨之介　斬鎧剣？

　　贋鉄斎が指を鳴らすと垂れ幕が出てくる。
　　そこに「斬鎧剣」と書かれている。

贋鉄斎　鎧を斬る剣と書いて、斬鎧剣だ。

　　カンテツ、その「斬鎧剣」の文字に「タナカ」とルビを振っている。

贋鉄斎　タナカはもういい！

　　シュンとして、タナカの文字を消すカンテツ。

捨之介　……しかし、鉄砲の弾、素手で摑むなんて芸当ができるとは思わなかった。銃声が聞こえたんで焦ったぞ。

贋鉄斎　ばかか、お前は。そんなことが人間にできるわけなかろう。弾ならばここにひっついてるよ。（砥石を指す）こいつは強力な磁石になってる。弾はこれに引かれてくっついた。

カンテツ　俺、取る真似しただけっす。

贋鉄斎　ああいう輩《やから》にはハッタリが一番だ。

捨之介　磁石？（近づくと刀がくっつく）あ。

贋鉄斎　よせよせ。ちょっとやそっとの力じゃあ取れんぞ。代われ、こつがあるんだ、こつが。

捨之介　こんな砥石、何の役に立つんだよ。
贋鉄斎　〝よく斬れる刀を研ぐ力〟養成砥石。
捨之介　は？
贋鉄斎　刀を研ぐにも力がいる。それをこいつで養うのよ。（捨之介の刀を無理矢理引き剝がすと、勢い余って自分の顔を傷つける）あたたたた。
捨之介　お前、その顔の傷、そうやってつけたんじゃねえだろうな。
贋鉄斎　それが刀に人生を捧げた男の勲章。
捨之介　……気をつけろよ。そのうち、致命傷になるぞ。
贋鉄斎　自分が打った刀で死ねれば、悔いはない。
捨之介　もう一つ、頼んでた刀はどうだ。
贋鉄斎　一本で百人斬れる刀か。
捨之介　ああ。普通の刀じゃ、せいぜい斬って五人、突いて十人だ。いくら名刀だろうと血糊や人の脂がつけばただの金棒と同じだからな。どうだ。できるか。
贋鉄斎　ふっふっふ。儂を誰だと思っとる。
捨之介　やはり無理か。
贋鉄斎　できる。
捨之介　できるのか⁉
贋鉄斎　ああ、この天才贋鉄斎様に不可能はない。まだ、この頭の中にしかないが、策はある。斬鎧剣が打ち上がったら、不眠不休で作るぞ、そこのカンテツがな。

カンテツ　俺すかか。
贋鉄斎　若いうちは死ぬまで働け。いやむしろ、働いて死ね。
カンテツ　うす。

と言いながら、鍛冶場の火で鉄串に刺した肉を焼いているカンテツ。

捨之介　お前、ひどいな。
贋鉄斎　無論。
捨之介　しかし、さすがは贋鉄斎だ。忍び鳩を飛ばして先に知らせておいた甲斐があったってもんだ。
贋鉄斎　こんな山奥にいきなり鳩がきたからなあ、驚いたぞ。
捨之介　ああ、あいつは賢い鳩でなあ。本能寺の変を知らせてくれたのも、奴だった。今では俺とあいつとは一心同体、兄弟みたいなもんだ。で、鳩はどこだ。
贋鉄斎　え？
捨之介　ちゃんと待ってるはずだ。俺がここに来るまでは。そう、しつけてる。
贋鉄斎　それは……。

カンテツ、頃合いに焼き上がった鉄串に指した肉にかぶりつく。鳥の肉だ。

カンテツ　うまい。いやあ、一口どうすか。（捨之介に差し出す）

捨之介　え。
カンテツ　いい肉すよ、鳩にしちゃあ。
捨之介　ポッポちゃん！　変わり果てた姿に!!　お、おのれらはー。（怒り心頭）
贋鉄斎　す、すまん。腹が減っていたのだ。
捨之介　ゆ、許さねえ、許さねえ!!

怒りに刀を振り回す捨之介。
カンテツ、鳩の焼き串を舞台袖に投げ捨てる。

捨之介　ポッポちゃんの仇だ！　死ね!!

と、振り下ろした刀が砥石にひっつく。
にっちもさっちも動かなくなる。

捨之介　ぬぬぬぬぬ。
贋鉄斎　あーあ、力任せに振り回すからだ。落ち着いたか、捨之介。落ち着いたのなら取ってやろう。
捨之介　あ、ああ。
贋鉄斎　ほら、どけ。（と、捨之介と入れ替わって刀を持つ）……いや、これは、ほんとにきつくくっついたものだな。

捨之介　……ほんとに殺す気だったからな。
カンテツ　えー。
贋鉄斎　もう大丈夫だ。脅えてないで、手伝え、カンテツ。

贋鉄斎の腰を持ち引っ張るカンテツ。

贋鉄斎　それ、いくぞ。ひのふのみ!!

カンテツが思いっきり引っ張ると。弾みがつきすぎて、頭に刀が思いっきり食い込む贋鉄斎。
ふらふらと歩くと、ドタリと倒れる。

捨之介　が、贋鉄斎!!
贋鉄斎　……わ、儂はもうダメだ。
カンテツ　ええー。
捨之介　贋鉄斎、しっかりしろ。だから言ったじゃないか、そんな変な砥石使うなと。
贋鉄斎　ふ、そんな顔をするな。自分が打った刀で死ねるのだ。刀鍛冶にとってこれほどの幸せがあろうか。至福至福……。
カンテツ　（ボロボロ泣いている）お、親方。
贋鉄斎　そう、泣くな。あとはお前がやるのだ、カンテツ。

カンテツ　お、俺が。
贋鉄斎　ああ。斬鎧剣、見事仕上げて見せろ。
カンテツ　お、俺一人で。

贋鉄斎、懐から針金に「﹅﹅」がついたものを出す。濁音の横につく点二つだ。

贋鉄斎　お前にこれを渡す。
カンテツ　こ、この点々は。（と、点々を受け取る）
贋鉄斎　これでお前も一人前だ。
カンテツ　お、親方……。
贋鉄斎　さあ、受け取れ。
カンテツ　（頭の横に点々を刺すと）俺はカンテツじゃない。カに点々でガンテツだ。ガンテツ斎だ！

誇らしげにぴよんぴよんと揺れる頭の点々。

捨之介　……お前達。（どうコメントしていいのか戸惑いの顔）
カンテツ　大丈夫だ。（「斬鎧剣」という字を見て読めない）こいつは、きっと俺が仕上げる。
捨之介　字が読めないのか。斬鎧剣だ、ざんがいけん。
カンテツ　ん。（うなずく）

捨之介　ほんとに大丈夫なのか。
カンテツ　信じろ、ウチダさん。
捨之介　捨之介だよ。すてのすけ。
カンテツ　ん。（うなずく）
捨之介　第一、百人斬りの刀はどうするんだ。
カンテツ　それはできない。
捨之介　だろ。
カンテツ　でも、なんとかする。
捨之介　どうやって。
カンテツ　刀は打てない。だから俺がなんとかする。
捨之介　お前が。
カンテツ　俺がやる。斬ったら研ぐ。突いたら研ぐ。戦うたびに俺が研ぐ。
捨之介　そんな無茶な。
贋鉄斎　……す、……捨之介。

倒れていた贋鉄斎、刀を頭に刺したまま、よろよろと起き上がる。

贋鉄斎　……安心しろ、捨之介。贋鉄斎に不可能はない。儂の技はこいつに受け継がれた。儂らを信じろ。

カンテツ　そうだ、捨之介！　俺にまかせろ！
贋鉄斎　よく言った、カンテツ！
カンテツ　よく言えた、おれ！
贋鉄斎　うははははは。

笑いながら倒れる贋鉄斎。命燃え尽きる前の哄笑であった。

捨之介　贋鉄斎ーッ！
カンテツ　親方ーっ!!

カンテツ、駈け寄り贋鉄斎を抱きしめる。

捨之介　お前の最後の言葉、肝に銘じた。信じるぞ、カンテツ。
カンテツ　まかせろ。
捨之介　（地図を渡す）打ち上がったら、ここに持ってこい。無界の里で待っている。
カンテツ　むかい？
捨之介　いい匂いのする街だ。
カンテツ　いい匂いだな、わかった。

倒れている贋鉄斎とカンテツ、闇に消える。

一人残る捨之介。

捨之介　さあて、とにもかくにも準備はできた。（と、ふと表情が翳り）しかし、この胸騒ぎはなんだ。早まるんじゃねえぞ、無界屋蘭兵衛。

胸の不安に誘われるように駆け出す捨之介。

☆

翌夜。関東。笛の音が聞こえる。

捨之介の不安が雲になったかのように、空を走る黒雲。その陰から姿を現し再び消える巨大な満月。

風が雲を散らし、月の光が辺りを照らす。

一面の蘭畑。

そこに立つ一人の男。蘭兵衛だ。

三尺はあろうかという鉄製の巨大な横笛を吹いている。

その笛に誘われるかのように現れる髑髏党の鉄機兵達。指揮するのは刃の非道丸。

非道丸　どこへ行くおつもりかな。無界屋蘭兵衛殿。

足を止める蘭兵衛。

非道丸　ここより先は、髑髏城。城を護るのが私の役目。おぬしが一歩踏み込めば、この刃の非道丸、あなたと一太刀交えねばなりませぬ。

蘭兵衛　やめておけ。天魔王と俺の仲を知らぬわけでもないだろう。俺に手をかければ飛ぶのは貴様らの首だぞ。

非道丸　さて、それはどうかな。天魔王様は、常に前を見ておられる。いつまでも、昔の縁《えにし》にひきずられるお方ではない。

蘭兵衛　昔の縁か。そいつを断ち切りたくてここまで来た。

非道丸　縁ばかりではなく、貴様の命も断ってやろう。無界屋の首ならば、天魔王様もお喜びになる。

蘭兵衛　浅はかな。

一歩進む蘭兵衛。

非道丸　やれ。

襲いかかる鉄機兵。蘭兵衛、鉄笛で応戦。

蘭兵衛　やめろやめろ。この笛は黄泉《よみ》の笛。あの世とこの世の端境《はざかい》で鳴く縁切り笛だ。あんまりこいつを鳴かせるな。

打ちかかってくる鉄機兵ののど笛に、鉄笛を突き立てる蘭兵衛。
鮮血が吹き出る。その血の勢いで、鉄笛が悲しく鳴り響く。

蘭兵衛 ほうら、また一人、あの世に行っちまった。

笛を抜く蘭兵衛。

非道丸 こしゃくな。

打ちかかる非道丸。その刃をさばく蘭兵衛。
非道丸の喉元に鉄笛を突きつける

非道丸 ぬう。(動きを止める)
蘭兵衛 さ、案内してもらおうか。天魔王はどこだ。
非道丸 貴様、何が狙いだ。
蘭兵衛 心配するな。商売の話だ。
非道丸 なに……。

と、そこに現れるくノ一二人。

無明と無音である。

無明 お待ち下さい、蘭兵衛殿。

無音 天魔王様がお待ちです、こちらに。

非道丸、蘭兵衛から離れる。

無明 先走りは、死を招きますぞ。非道丸殿。

無音 御自重された方がよろしいかと。

非道丸 く……。

非道丸に釘を刺すと、蘭兵衛を案内するように、奥に消える無明、無音。続く非道丸。

蘭兵衛 さて、無界屋蘭兵衛最後の大商いだ。安くは買えぬぞ、天魔王。

一人言い放つと、奥に向かう蘭兵衛。

と、蘭畑の向こうに沙霧が現れる。

蘭兵衛の行方を見ると、何ごとか決意したように、駆け出す。

第一幕——幕

第二幕
死に場所くらいてめえで決めらぁ

第五景

その夜。天空に輝く巨大な満月。
髑髏城から近い川原。鼓の音が聞こえる。
天魔の鎧を身につけた天魔王が、背中を向けて鼓を叩いている。顔だけは素顔だ。
横にはシタールを持った龍舌が控えている。
その天魔王の周りを忍者の群れが取り囲む。
伊賀忍群だ。

天魔王　(後ろ向きのまま) この身地にありて、この志《こころざし》天を舞う。その風雅を解せぬは、いずれの手の者かな。

忍び達、一斉に刀を抜く。

天魔王　ふ。浪速の猿か駿府の狸か、いずれにしろ人面獣心《にんめんじゅうしん》の奸物どもが、天の影に脅えた所業か。いいだろう。この天魔の顔が見たければ、月下の夢と見るがいい。

ゆっくりと振り向く天魔王。彼の素顔が月光に浮かび上がる。その顔は捨之介に瓜二つ。
但し、その瞳は氷の如き冷たさである。
天魔王、鼓を置いて、両手で扇を開く。
龍舌、シタールを弾く。その調べに乗せて幸若舞の『敦盛』を謡い舞う天魔王。

天魔王　人間五十年。下天の内をくらぶれば夢《ゆめまぼろし》幻のごとくなり。一度《ひとたび》生を得て滅せぬ者のあるべきか。

両手に持った扇には鉄の刃がついている。
襲いくる忍び達を、舞いながら倒していく天魔王。

天魔王　滅せぬ者のあるべきか。

とんと、足を踏みならすと一斉に倒れる忍び達。

天魔王　（天を仰ぎ）許せよ。無粋な血で、月を汚した。

そこに現れる無明と無音。

無明　天魔王様。無界屋蘭兵衛殿――。
無音　――髑髏城天魔の間でお待ちでございます。
天魔王　……さすがに花は散り頃を知る、か。

低く笑うと、踵を返して立ち去る天魔王。
闇が辺りを包む。

☆

髑髏城天魔の間。
待っている蘭兵衛。
魔母衣衆のうち、胡蝶、玉花、富貴、素心が現れる。
そこに入ってくる天魔王。

天魔王　来てくれると思ったぞ、らんま……。
蘭兵衛　蘭兵衛だ。無界屋蘭兵衛。
天魔王　まだ、その名を言い張るか。頑固な奴だ。まあ、よい。胡蝶。

胡蝶、絵図面を広げる。合戦の陣地図だ。

天魔王　秀吉の軍勢二十余万、まもなく駿府に入るぞ。いよいよ関東征伐だ。
蘭兵衛　もう、そこまで。
天魔王　いいか。（と、図面を指し）ここが髑髏城、ここが小田原城、猿が陣を開くとすればこの石垣山だ。対する関東髑髏党二万。数の上では、圧倒的に不利だ。が、それもすべてこちらの策。秀吉のバカめ。まんまとこちらの誘いに乗りおった。
蘭兵衛　誘い？
天魔王　今、豊臣の軍は関東に集中している。大坂は丸裸の状態だ。この隙をついて、一気に大坂を叩く。
蘭兵衛　しかし、そんな軍がどこに。
天魔王　海だよ。
蘭兵衛　海？
胡蝶　エゲレス海軍、スペイン無敵艦隊を破り、この黄金の国ジパングに向けて航海中にございます。
蘭兵衛　エゲレスだと。
天魔王　その話をつけるのに八年かかった。奴らには九州をくれてやる。もともと金と力で大名達を押さえてきた秀吉だ。肝心の大坂城を失えば、毛利も上杉も、第一あの家康がおとなしくしていると思うか。この世は再び、戦国の世に戻るぞ。わくわくするなあ。なあ、蘭兵衛。
蘭兵衛　やめろ！　……やめてくれ。今日はそんな話をしに来たわけではない。
天魔王　では何だ。

蘭兵衛　商売の話だ。亡八とはいえ商人《あきんど》のはしくれだ。命をかけて動くとすりゃあ、商売の話にきまってるだろう。
天魔王　ほう。で、何を商売しようというのかな。
蘭兵衛　鉄砲三百挺。
天魔王　雑賀の女達か。
蘭兵衛　聞いているなら話は早い。
天魔王　鉄砲三百挺。それで私から何を買う。
蘭兵衛　無界の里と無界屋の女達、その命。

玉花から金箔の器に入った赤い酒をもらい、一口飲む天魔王。

天魔王　……仲間の命乞いか。
蘭兵衛　あ奴らがいたから、とにもかくにもここまで生きていた。今度は私の番だ。豊臣軍を迎え撃つのにまんざら悪い話ではなかろう。
天魔王　聞こえぬなあ。
蘭兵衛　……そうか、ならば。（と懐に手を突っ込む）
天魔王　（と、蘭兵衛の手を押さえ）ならば、どうする。

天魔王、蘭兵衛の手を引きずり出す。その手に握られているのは短筒。

天魔王　……ふ、私を撃つか。撃って自分も死ぬか。そんなことのために、殿はお前の命を救ったのか。

短筒をもぎ取ると蘭兵衛を突き飛ばす天魔王。

蘭兵衛　撃て。
天魔王　ああ、撃とう。貴様が無界屋蘭兵衛ならば、私は容赦なく貴様を撃ち殺す。が、そうではない。お前がむざむざ生きさらばえてきたのは、ここでこの私に殺されるためではない筈だ。
蘭兵衛　なに。
天魔王　気づいているのだろう。己自身でも。天下人などと思い上がっている秀吉への怒りを。あ奴がやっているのは、すべてあの御方の、信長公の真似ではないか。猿は猿。しょせんは猿真似にすぎん。
蘭兵衛　しかし、大殿の名を使っているのはお前も同じじゃないか。
天魔王　違うな。私は私であって私でない。天魔の御霊《ごりょう》。第六天より舞い戻った悪霊だ。この面を見ろ。この顔に覚えはないか。
蘭兵衛　（髑髏の仮面を手にとり）……まさか、これは。
天魔王　そうだ。これこそ信長公のしゃれこうべ。骨をつなぎ合わせ仮面にした。天魔王は私であって私でない。志半ばで倒れた殿の怨念の化身だ。お前と一緒だ。そうだろう。

蘭兵衛　どういう意味だ。

天魔王　とぼけるな。お前のその数珠が、殿の骨を削って作ったものだということはわかっている。

蘭兵衛　それは……。

天魔王　未練よのう。殿の遺骨を首にかけそれで供養のつもりか。

蘭兵衛　………。

迷う蘭兵衛。

彼の周りを魔母衣衆が取り囲む。

天魔王　さあ、これを飲め。この盃もそうだ。殿の骨をつなぎ合わせて作ったものだ。この酒こそ、あの御方の血。俺達の中で永遠に殿は生き続ける。あの御方の夢は俺達が描く。そうだろう。鉄砲三百挺、そんなものはいらぬ。私が欲しいのはただ一人、お前だ。森蘭丸。

蘭兵衛、盃をとり一気に飲み干す。口元が鮮血をすすったように紅く染まる。

天魔王　見事だ。

低く笑う天魔王。不意に、蘭兵衛から取り上げていた短筒で壁を撃つ。

と、壁の抜け穴から転がり出る沙霧。

沙霧　しまった！

沙霧の前に立つ天魔王。

天魔王　……熊木の娘か。なるほど、抜け穴を通ってここまで来たというわけか。これは、たいした度胸だな。

沙霧　なんでだよ！　なんでお前が。お前が天魔王だったのか、捨之介!!

天魔王　捨之介……。この私がか。

沙霧　ああ、そうだよ。その顔だよ。何が女の味方だ。何が天魔王を倒すだ。全部でたらめじゃないか!!　どうも様子が変だから、蘭兵衛の後をつけてみたら――。いったいこれは、どういうことだよ!?

天魔王　天魔王を倒す……。捨之介が、か。

天魔王、氷の笑みを浮かべて、沙霧を激しく殴る。吹っ飛ぶ沙霧。

天魔王　それがお前の夢か。ならば、それはかなわぬ夢だ、永遠にな。

と、微笑みながら沙霧を殴る。

天魔王　さあ、どうした。聞かせてくれ。他にないのか。貴様ら地を這う者の夢は、希望は。教えてくれないか。

沙霧ののどを掴んで引き寄せる天魔王。
沙霧、苦痛で声が出ない。

天魔王　その夢、ことごとく潰してやろう。それが天に刃向かう報いだ。己の器を知るがいい。

どうと床に沙霧を叩き付ける天魔王。
咳き込みながら、床を這い、うずくまっている蘭兵衛に助けを求める沙霧。

沙霧　蘭兵衛、助けて……。蘭兵衛……。

ぎらりと血走った目を上げる蘭兵衛。

蘭兵衛　無界屋蘭兵衛は死んだ。今の私は亡霊だ。
沙霧　蘭兵衛……。
蘭兵衛　森蘭丸。その名前で朽ちたはずの怨霊だ。

沙霧　森……蘭丸。
天魔王　よくぞ言った、蘭丸。（刀を差し出し）さあ、斬れ。その女を。
沙霧　え。
天魔王　今宵は宴。その女の血は、おぬしの黄泉《よみ》がえりの宴にふさわしい。人斬り蘭丸と呼ばれたその太刀さばき、久しぶりに見せてくれ。

蘭兵衛、刀を受け取ると沙霧に打ちかかる。
必死で避ける沙霧。

沙霧　何やってんだよ！　頼む、正気に戻って！

沙霧の叫びむなしく、蘭兵衛の白刃が彼女を襲う。出てきた抜け穴の場所には、魔母衣衆が立ちはだかり近づけない。

沙霧　蘭兵衛！
蘭兵衛　……その男ならもういない。

と、別の壁際に追い込まれる沙霧。
そこで、突然、彼らをにらみつける。

沙霧　もういい、わかった。……まったく、侍ってえのは、どいつもこいつも身勝手なもんだよ。てめえらの思惑だけで世間が回ると思っていやがる。

じりっと下がる沙霧。

沙霧　でもね、一つだけ教えとくよ。この城は、あたしの庭だ。

突然、かき消える沙霧。驚く一同。

天魔王　ふん。まだ抜け道があったとはな。非道丸。

非道丸、現れる。

非道丸　ここに。
天魔王　熊木流の女が潜り込んだ。捕らえよ。
非道丸　は。
天魔王　（魔母衣衆に）蘭丸を奥の間に。
胡蝶　御意。

沙霧を追って駆け去る非道丸。
蘭兵衛を誘う魔母衣衆。蘭兵衛も続く。
一人残る天魔王。そこに現れる無明と無音。

無明　天魔王様。
天魔王　どうした。
無明　……さきほどエゲレスよりの知らせが。
天魔王　おお、待っていた。（歩み寄ると無音より手紙を受け取る）……なにぃ。（顔色が変わる）
無音　いかがいたしました。
天魔王　……地図を書き直さねばならぬな。

足早に立ち去る天魔王。後に続く無明、無音。

☆

髑髏城内。
沙霧を追う非道丸と鉄機兵。
その前におぼろに浮かぶ沙霧の影。

非道丸　追え！

と、追おうとするが今度は別方向に彼女の姿が見える。

非道丸　違う、こちらだ。

右往左往する鉄機兵。

沙霧（声）　言ったはずだよ。この城は、熊木の城だ。
非道丸　ええい、ちょこまかとこざかしい。

そこに現れる鬼龍丸と剛厳丸。

鬼龍丸　ふん、どうした、非道丸。何を焦っている。
剛厳丸　いつもの二枚目づらが台無しではないか。
非道丸　おぬしらには関係ない。
剛厳丸　功を焦って蘭兵衛を襲ったが、それが逆に天魔王様の怒りを買った。そういう噂も流れているぞ。
鬼龍丸　なるほど。その失点を取り戻したいというわけか。
非道丸　貴様らを相手にしている暇はない。続け。

鉄機兵を率い駆け出す非道丸。

鬼龍丸　ふん。

と、こちらは逆方向に立ち去る鬼龍丸と剛厳丸。
彼らが去ると、床から顔を出す沙霧。

沙霧　冗談じゃない。こんなところで死んでたまるか。

走り出そうとする沙霧の背後から火矢が襲う。
鬼龍丸の爆連殺だ。動きが止まる沙霧。鬼龍丸が現れる。

鬼龍丸　なるほど。貴様がここまで来れたということは、本当に抜け道はあるようだな。

沙霧　……鬼龍丸。

続いて剛厳丸も現れる。

鬼龍丸　俺は口べたでな。絵図面を出せなどとは言わん。貴様を殺して、じっくり探させてもらおう。

剛厳丸　まあ、そうはやるな。女はじわじわ殺した方がいいというのがなぜわからん。
鬼龍丸　好きにしろ。

刀を振り上げる剛厳丸。
そのとき、突然明かりが消える。
暗闇の中、刀が弾き合う音。沙霧、何者かに救われる。

鬼龍丸　くそう！　沙霧、沙霧はどうした。
剛厳丸　ええい、明かりだ、明かりを持ってこい！

鬼龍丸と剛厳丸駆け去る。
暗闇の中に人影が浮かび上がる。
捨之介と沙霧だ。髑髏城の闇に潜む二人。

捨之介　大丈夫か、沙霧。
沙霧　お、お前！（刀を抜く）
捨之介　どうした。
沙霧　貴様ーっ！（斬りつける）
捨之介　よせ、やめろ、俺だ、捨之介だ。

沙霧　もう、騙されないよ。
捨之介　待て、落ち着け。
沙霧　さわるな！　大したもんだよ。あんたが天魔王だったとは、さすがに見抜けなかった。
捨之介　……あったのか、天魔王に。見たのか、奴の顔を。蘭兵衛はどうした、奴の手に落ちたか。
沙霧　何、すっとぼけてやがる！　もうごまかされないよ！　一人じゃ死なない、道連れだ!!

捨之介に襲いかかる沙霧。動かない捨之介。
彼の腹に沙霧の刃が突き刺さる。

沙霧　……え。（戸惑う）
捨之介　……気はすんだかい。
沙霧　……あんた、わざと。……なんで。
捨之介　こうでもしなきゃ、てめえの頭は冷えねえだろう。

その捨之介の顔を見て、狼狽する沙霧。

沙霧　（刀を捨て）……あたし、何がなんだか……。
捨之介　いいか、俺のツラぁよく見ろ。どうだ、本当に俺が天魔王か。確かに似たようなツラぁしてるだろう。でも、この俺とそいつは何から何までおんなじか。本当にそう見えるのか。

沙霧　……。
捨之介　俺は、お前を助けにきたんだぞ。
沙霧　……。（黙って捨之介の胸にすがりつく）
捨之介　よしよし、五年たったらまたおいで。（と、背中を叩く）
沙霧　ど、どういう意味だよ。（と、振り払う）
捨之介　予約を入れてたんだが、何か。
沙霧　……あんた、平気なのか、その傷。
捨之介　ああ、これか。（懐から握り飯の包みを出す）お前のおかげで、晩飯がぱあだ。
沙霧　あー、だ、騙したね。
捨之介　しー、声がでけえ。
沙霧　……でも、よくここが。
捨之介　あんまり人を走り回らせるな。無界に戻っててめえの姿が見あたらねえから、こんなことじゃねえかと思ったぜ。蘭兵衛はどうした。
沙霧　……寝返ったよ、天魔王に。蘭兵衛じゃない。森蘭丸だって言ってた。あんな目、見たことない……。（思い出して寒気が走る）
捨之介　……馬鹿野郎。だから言ったじゃねえか。
沙霧　説明してよ。天魔王って何者。あいつとあんた、蘭兵衛、いったいどういう関係なの。
捨之介　……昔、といっても八年ほど前のことだ。ある男が殺されちまった。天下を狙っていた男だった。が、その夢がもう少しでかなうところで、てめえの部下に足下すくわれちまった。

沙霧　……信長だね、織田信長。

捨之介　そのとおりだ。俺と天魔王は信長の影武者だった。ただの影武者じゃねえ。信長が天なら、俺が地、奴が人《じん》。俺は地に潜り世間を探り、奴は人の心を掴む。俺と奴とで天の男を支えてたって寸法だ。天地人、三人の信長ってとこだな。が、それも天あってのこと。信長が死んで、奴はどうやら自分も天になれると勘違いしちまったらしい。自分の分も知らずにな。……行くぞ。ここまでくりゃあ、もう逃げられる。

沙霧　……覚えてるのかい、抜け道を。

捨之介　前に見たからな、絵図面を。

そこに現れる無名。

無名　その先、行かせない。

遅れて現れる非道丸。

非道丸　無名か、助かる。

捨之介　けっ、いいとこで邪魔する野暮天どもが。（刀を抜くと、沙霧に）先に行け。

沙霧　でも。

捨之介　蘭兵衛が寝返っちゃあ無界もあぶねえ。一刻も早く忠馬達に知らせろ。俺は野暮用すませて後を追う。

沙霧　でも。

捨之介　でもばっかりだな。少しは信用しろ。

沙霧　……わかった。

行こうとする沙霧。追おうとする無名と非道丸を足止めする捨之介。と、渡京が出てきて沙霧を捕まえる。

渡京　そうは、させん。

沙霧　渡京。

捨之介　いいところに現れたな。裏切り男。

以下、捨之介は無名、非道丸と戦いながらの会話。捨之介に足止めされて、無名と非道丸は沙霧に近づけない。

渡京　俺もそう思うよ。二幕は出番なしかと思って帰り支度してた。

捨之介　そんな小さなこと言ってんじゃねえ。ここが、裏切り渡京最大最高の見せ場になるぞ。

渡京　言っとくが、髑髏党を裏切る気はない。一度裏切った相手にはつかん、それが俺の美学だ。

沙霧　渡京。

渡京　そんな目をしても無駄無駄。俺に人の心はない。情や義理、忠義、この世のありとあらゆるしがらみから裏切り続ける。それがこの小田切渡京だ。俺が信じるのは、この算盤の玉だけだ。（と、算盤を掲げる）

捨之介　惜しいなあ、もう一息なんだが。

渡京　なに。

捨之介　てめえはそれで自由になったつもりかもしれねえが、もう一つ詰めが甘ぇや。だったら、その裏切りの血を裏切ってみな。気持ちいいぞー。

渡京　え。

捨之介　それが、あらゆるしがらみから裏切り続けるってことじゃねえのかい、裏切り渡京さんよ。

渡京　願いましてーは。（と算盤を弾く）

沙霧　算盤だよりか。

渡京　算盤じゃない。俺の親友、ころ助くんだ。

非道丸　斬れ、渡京。その女を斬れ。

と、火矢が撃たれる。渡京の算盤吹っ飛ぶ。

鬼龍丸が出てくる。

渡京　ああ!!

鬼龍丸　何をもたついている。だったら、奴ごと斬ればいいだけのこと。

渡京　鬼龍丸、貴様。
鬼龍丸　どうせそんなさんぴん。最初から使い捨て。それが髑髏党のやり方だろう。死ね！（腕の爆連殺を撃つ）
捨之介　（その火矢を刀で弾いて）そうはいかねえ。誰が来ようと、こいつらに手出しはさせねえ。
鬼龍丸　くそう。

剣を抜き、捨之介に襲いかかる。
一対三の戦いながら、捨之介が押す。

捨之介　どうだ、腹は決まったか、渡京。
渡京　ここで裏切ると、十中八九死ぬだろうな。
捨之介　みんなはそれを期待してるだろう。
渡京　その期待、絶対裏切ってやる。来い、沙霧。
沙霧　でも。
捨之介　行け、沙霧。そいつは、生き残ることにかけちゃあ達人だ。そいつにくっついてきゃ死にはしねえ。
沙霧　捨之介！

沙霧、渡京に押されるように走り去る。

無名、非道丸、鬼龍丸を押さえて、逃げ出そうとする捨之介。

捨之介　あばよ。

そのとき、銃声。傷を負い転がる捨之介。

捨之介　しまった！

短筒を構えた蘭兵衛と仮面の天魔王登場。
その後からは剛厳丸、無明、無音、そして魔母衣衆の五人も出てくる。

蘭兵衛　無駄なあがきはやめろ、捨之介。
捨之介　……蘭兵衛、お前。
蘭兵衛　蘭兵衛ではない。……ここにいるのは天魔に魅入られた亡霊だ。本能寺の業火に焼かれた筈のな。（黄金の盃で赤い酒を飲む）
捨之介　……その匂い。薬を入れやがったな。（天魔王に）てめえ、こいつらを薬で……。
無明　芥子の実をつけこんだ南蛮渡来の夢見酒。
無音　一口すすればこの世は極楽に変わる。
捨之介　蘭兵衛、わからねえのか。こいつに天は支えきれねえ！（天魔王に打ちかかる）

天魔王　笑止！（捨之介の攻撃を跳ね返す）
捨之介　ちぃ！　こいつじゃ無理か。
剛厳丸　貴様の刀では天魔王様は傷一つつかぬわ。
非道丸　貴様だけではない。秀吉の軍にもな。
捨之介　つくづく能天気な奴らだぜ。本当に秀吉に勝てると思ってるのか。
天魔王　勝てる。
鬼龍丸　確かに秀吉は強い。が、南蛮にはもっと強い国がいくらでもある。髑髏党とその国が手を組めば恐いものなしだ。
無名　日の本、燃える。秀吉、滅ぶ。
捨之介　ばかな。今、南蛮の連中呼び込んだら、乱世は治まらねえぞ。
天魔王　治まる必要はない。
無明　一度、地獄の炎で燃やし尽くしてからでないとこの国は治まらぬ。それが天魔王様のお考えだ。
捨之介　何を思い上がってんだ。まったくよぉ！

天魔王の斬撃に刀を弾き飛ばされる捨之介。
蘭兵衛をのぞく全員の斬撃。捨之介、ぼろぼろになる。

蘭兵衛　馬鹿な男だ。わざわざ女に刺されていなければ、私の短筒も除けられたものを。

と、捨之介に斬撃。

捨之介　馬鹿野郎が。なんでこの城に来た。てめえが生きるのにあれだけいい街を作っておきながら、なんで……。

蘭兵衛　……今となっては、くだらぬ縁《えにし》だ。

捨之介　……この大馬鹿野郎が。

蘭兵衛、捨之介に斬撃。

捨之介　……ら、ん、べ、え。目を……させ……。

蘭兵衛、ふたたび斬撃。

蘭兵衛　……私は正気だ。

捨之介　……。（倒れる）

蘭兵衛　あの世に行くときでさえ、あの方は早駆けで一人先に行ってしまわれた。が、もうそんなことはさせん。今度こそ私は天と共に生きる。捨之介、お前にはわからぬよ。

鬼龍丸　とどめだ！

天魔王　（鬼龍丸の顔を摑むと床にたたきつける）のぼせるな。
蘭兵衛　この男は、貴様などの手にかかる男ではない。
鬼龍丸　蘭兵衛、貴様、何様のつもりだ。
無明　蘭兵衛ではない。蘭丸様だ。
無音　今宵より全軍の指揮はこのお方がとられる。
天魔王　この者に逆らうは我に逆らうと思え。
鬼龍丸　ぎ、御意……。
剛厳丸　蘭丸様。沙霧めの後は私が。
蘭兵衛　行け。
剛厳丸　は。
無明　（捨之介を指し）この男は牢に。

魔母衣衆、捨之介を担ぎ上げる。

蘭兵衛　生かしておくのか。
天魔王　こ奴にはまだ使い道が残っている。
無音　蘭丸様、あなたにもまだなすべきことがございます。
蘭兵衛　なすべきこと。
無明　天魔として生きるためには、かりそめの縁《えにし》のすべてを完全に断ち切らねば。

無明・無音　それが天魔王様のご意志。

うなずく天魔王。

蘭兵衛　かりそめの縁か。そうだな、そのとおりだ。

虚空を見つめる蘭兵衛。
その瞳は昏い。

――暗転――

第六景

夜。無界に近い草むら。
駆け込んでくる渡京と沙霧。二人とも矢傷を受けてボロボロ。

沙霧　渡京、生きてるか。
渡京　ああ、ここで死んだら当たり前の展開だからな。

そこに見回り中の忠馬が登場。

忠馬　誰だ。……沙霧か。
渡京　忠馬か。……沙霧、助かった。もう、無界の里だぞ。
忠馬　あ、渡京、てめえ、どういうつもりだ。

渡京を締め上げる忠馬。

沙霧　待って。これでもあたしの命の恩人よ。
忠馬　恩人？
沙霧　一応ね。

そこに現れる剛厳丸。

剛厳丸　見つけたぞ、お前達。
忠馬　また、お前かよ。
沙霧　畜生、ここまで来ながら。（辺りを見回す）
剛厳丸　何をしている。捨之介なら来んぞ。
沙霧　え。
剛厳丸　あのにやけ男が天魔王様にかなうと思うか。次はお前達の番。
沙霧　そんな……。
剛厳丸　やれ。

剛厳丸の合図で現れる鉄機兵。

忠馬　くそう！

忠馬、立ち向かうが沙霧と渡京をかばいながらのため、苦戦する。
と、そのとき、笠で顔を隠して旅支度のカンテツが飛び込んでくると、玄翁で髑髏党の刀を弾き飛ばす。その頭には点々が揺れる。そう、もはやカンテツではない。今の彼はガンテツ斎ではある。

忠馬　な、なんだ？
ガンテツ斎　（髑髏党に）お前達は、悪い匂いがする！
剛厳丸　な、なんだ、貴様。
ガンテツ斎　またこんなとこで悪さしてたな、東横線のタナカ！（と、笠をとる）
剛厳丸　あー、貴様はー！　おのれー。
ガンテツ斎　そのタナカの刃は全部潰した。それはただのタナカ棒だ!!
剛厳丸　ええい、ひるむな、かかれかかれ。

刀でガンテツ斎を殴りにかかる鉄機兵。

ガンテツ斎　あたたたた。だったら、これだ。（背の風呂敷包みから砥石を出す）

髑髏党の刀が全部砥石に吸いつけられる。

剛厳丸　ぬぬぬぬぬ。何だ、これは。

ガンテツ斎　爆弾砥石だ。男なら爆発だー!!

砥石を投げると一緒に舞台袖に引っ込む髑髏党。

と、爆発。

剛厳丸（声）　ぎゃーっ！

沙霧　爆弾砥石？

ガンテツ斎　磁石と火薬入りの砥石。二つで一つはお得だ。

忠馬　そ、そうか。

ガンテツ斎　この辺、いい匂いするな。

沙霧　そうかな。

ガンテツ斎　ああ、する。この辺だな。ムカイの里は。ウチダさん、いるだろう。

沙霧　ウチダさん？

ガンテツ斎　……捨之介。捨之介だ。捨之介に頼まれた。ハトの代わりに俺が届けに来た。

沙霧　捨之介に？　あんた、いったい……。

ガンテツ斎　ちゃんとできたぞ。斬鎧剣だ。ん、よく言えた。

そのとき、無界の里から女達の悲鳴と銃声が聞こえる。

忠馬　なんだ⁉　まさか、太夫‼

駆け出す忠馬。

ガンテツ斎　（顔が曇る）いやな匂いだ。血の匂いか。

渡京　なんだと。

沙霧　無界はこっちよ。ついてきて！

駆け去る一同。ガンテツ斎も続く。

☆

その少し前。無界の里。

銃を持って警戒している無界の女達。但し、およしとおかなの姿はない。

隅に転がっている仁平。

彼女たちを指揮している極楽。

極楽　気い抜いたらあかんで。奴らは必ず、また攻めてくる。そんときは返り討ちや。

女達　おおー。

現れる才蔵。

才蔵　だめだな。三本松の先まで見たが、蘭兵衛も沙霧も見当たらない。
極楽　まったくこんな大事なときに、どこ行ってしもたんやろ。すんませんなあ。
才蔵　礼なら忠馬の大将に言ってくれ。俺は、大将の命令通りに動いてるだけだ。
極楽　ほんまに、好きなんやなあ。
才蔵　え？
極楽　忠馬はんが。
才蔵　いや、まあ、な。
極楽　才蔵はん、もとは偉いお侍さんやったって噂で聞いてますよ。それが何を思ったか、荒武者隊に。苦み走ったとこがたまらんて、うちのおくずなんか。
おくず　やめて、太夫。
才蔵　え、いや、俺は。偉くなんかない、まったく偉くなんかない。ただ、あの男が、忠馬がほっとけんだけだ。
仁平　ほっとくだに！　忠太のことはほっとくだに！
才蔵　………。
仁平　おめえらが、そうやってあいつをいい気にさせるから、いつまでたっても調子に乗って足元見ねえで。百姓は百姓だ。地面見て暮らすが一番だに。

そこに握り飯とお茶を持って出てくる大騒、張太、崇助、栄吉、杉一。

大騒　はーい、みなさーん、お疲れさまでーす。
張太　ご飯の用意ができました一。
崇助　心を込めて握らせていただきました。
栄吉　お茶もありますよー。
杉一　茶柱も立ててあります。
女達　おー。

と、喜び握り飯をとる女達。

張太　大兄貴。これ。（握り飯を差し出す）
仁平　大兄貴？
張太　忠馬兄貴の兄貴なら、俺らにとっちゃあ大兄貴だ。
大騒　やめてけろ。（握り飯を払いのけ）こんな白い飯おら達が食うもんじゃねえ！　おめえら
仁平　侍がそったら風に持ち上げるからあのひょうろく玉がのぼせ上がるだ。あいつは一度頭にくるとみさけえがねえ。村の娘を乱暴した侍をぶったぎって、村飛び出たのも、それが原因だ。いい加減にするだ。あいつも、おらもただのどん百姓だ。
張太　関係ねえよ。

仁平　へ？
張太　百姓とか侍とか関係ねえ。
崇助　弱きを助け強きをくじく。それが関八州荒武者隊だ。……忠馬兄貴の口癖だ。
栄吉　兄貴は馬鹿だ、馬鹿だけどそこんとこだけはきっちり筋が通ってる。俺達は、そんな兄貴だからついていってんだ。
杉一　だから、連れて帰るなんて言わないで。
五人　たのんます。

五人、頭を下げる。

仁平　……。（頑なに首を横に振る）

握り飯を拾う才蔵。

才蔵　忠馬、いや忠太か。俺は、あいつを斬るはずだった。

仁平だけでなく女達や荒武者隊も驚く。

才蔵　あいつが斬った侍ってのは、俺の仕えてた家の家老の馬鹿息子でなあ。乱暴狼藉、それはひどい奴だった。が、役目は役目だ。俺は、彼の仇討ちという命を受けて忠馬を追った。でもなあ、あいつの生き方を見てるとどっちが正しいかわからなくなった。いや、あいつの方がよっぽど武士《もののふ》らしい生き方をしてる。そう思えた。

仁平におにぎりを差し出す才蔵。

才蔵 百姓でも侍でもない。俺はあいつが、あの忠馬という男が、この関東でどこまで男の筋を通せるか、見届けたいんだ。仁平さん、頼む。このとおりだ。

おにぎりを置いて、仁平の前で土下座する才蔵。荒武者隊の連中も続いて土下座する。

仁平 （おにぎりを拾って食べる）うまい。

握り飯を食う仁平。ほっとする荒武者隊。
女達にも安堵が広がる。

才蔵 （照れたように立ち上がる）……大将、遅いな。ちょっと探してくる（と、行こうとしたその胸に矢が突き刺さる）が！（倒れる）

おくず 才蔵さん！

極楽　誰!?

苦しんでいる才蔵。
騒然とする一同。
と、弓を持った蘭兵衛登場。

極楽　蘭兵衛さん！　あんた、何のつもり。

女達、一斉に蘭兵衛に銃を構える。
と、その後ろから現れる人影。顔は捨之介のようだが……。

おくず　捨之介はん……。

が、一刀のもとに斬り殺されるおくず。

才蔵　！
極楽　な、何するの！

この男、身に鋼の鎧。素顔の天魔王だ。

天魔王　なるほど。さすがは無界の女達だ。どれも皆美しい。だが、その美しさ、関東には無用のものだ。この天魔王が作る関東地獄絵図にはな。

極楽　天魔王？

刀を振るう天魔王と蘭兵衛。女達、銃を構えるがむしろ吸い寄せられるように白刃にかかる。
悲鳴、そしてむなしくあらぬ方向へ放たれる銃撃。

極楽　やめて蘭兵衛。気でも狂うたか⁉

蘭兵衛　（女達の血で顔を深紅に染めながら）許せとは言わん。が、お前達の流す血が、私の中にたまったしがらみを洗い流してくれる。その赤い血は無駄にはしない。

極楽　勝手なことを！

と、極楽、蘭兵衛と天魔王に銃撃。
が、二人の動きに狙いが定まらない。

仁平　ひいい。（逃げまどう）

その仁平と極楽をかばう荒武者隊の面々。

才蔵も矢を引き抜き起き上がる。

才蔵　早く逃げろ。
仁平　なして、なして赤の他人のおらを。
張太　他人じゃねえ。大兄貴だ。
栄吉　それに女や力のねえ者を護るのが俺達、侍だ。
杉一　こんなところで尻尾はまけねえ。
崇助　忠馬の兄貴にしかられる。
大騒　さあ、はやく。
極楽　あんた達……。
蘭兵衛　ふん。くだらぬ意地を。

蘭兵衛の斬撃を受ける才蔵。

才蔵　くだらないだと。そんなことは言わせんぞ、蘭兵衛。俺達は逃げねえ、ひるまねえ。それが荒武者隊の心意気だ！　なあ、お前達！
荒武者隊　おおー!!
極楽　（仁平に）逃げて！

仁平、逃げ出す。

天魔王　笑止。貴様らごとき傾奇者が侍を名乗るなど片腹痛い。

天魔王に襲いかかる四人。
その四人を一刀のもとに切り捨てる蘭兵衛。
倒れる関八州荒武者隊の四人。荒武者隊で残るはボロボロになった才蔵一人。

才蔵　……太夫、あんたも逃げろ。あんたを護れなきゃ、俺は忠馬に、大将に会わす顔が……。

蘭兵衛　往生際を知れ。

才蔵を切り刻む蘭兵衛。

才蔵　……すまん、忠馬!!

血まみれで倒れる才蔵。

極楽　才蔵!!（蘭兵衛に銃を向け）それがお前の本性か、無界屋蘭兵衛!!

蘭兵衛　その名は捨てた。最後の縁《えにし》はお前の血で流し去ろう、極楽太夫。（と刀を向ける）

そこに駆け込んでくる忠馬。

忠馬　やめろ!!

蘭兵衛に打ちかかる忠馬。

忠馬　何しやがんだ、蘭兵衛！（天魔王を見て）貴様は……。
極楽　気をつけて。そいつが天魔王よ。
忠馬　なに。

と、倒れている荒武者隊に気づく忠馬。

忠馬　……お前達、おい、どうした。

倒れている才蔵に駈け寄る。と、忠馬の絶叫。

忠馬　うわあああああああああ!!　才蔵おおおおお、才蔵おおおおおおおおっ!!

忠馬、才蔵の生首を掲げている。

忠馬　てめえらあああああ!!

忠馬、絶叫しながら蘭兵衛に打ちかかる。

忠馬　蘭兵衛、貴様は、貴様はーっ!!

その勢い、蘭兵衛をも押す。が、そこに割って入る天魔王。
彼の前には忠馬の勢いもかなわない。ぼろぼろにされる忠馬。

極楽　やめて、忠馬。あんたまでやられる!!

天魔王　死ね、虫けら。

忠馬にとどめを与えようとしたとき、銃声。
体勢を崩す天魔王。離れる忠馬。
銃を手に二郎衛門登場。

二郎衛門　(立っている天魔王に)……新式もきかんのか。

蘭兵衛　現れましたな、三河殿。
天魔王　いきなり鉛の弾の歓迎とは、隠忍自重が売り物の貴殿らしくない。それとも、その牢人にやつした姿が心根までも無頼に変えるかな。徳川家康殿。
極楽　家康？
天魔王　先日お見かけしたとき、もしやと思い駿府に密偵を送った。案の定、城に家康殿の姿はなかった。たった一人でこの関東を探りに来るとは大した度胸だ。
蘭兵衛　この戦《いくさ》に勝てば、秀吉がぬしにこの関東をくれてやるという話も聞く。おそらくは、その下調べ。そんなところでしょう。
忠馬　二郎衛門、てめえ……。
二郎衛門　そうか、天魔王、やはり貴様は……。
天魔王　やっとお気づきか。天はおちても影は滅びぬ。いや、今ではこの私こそ天。天下を掴むは猿でもなければぬしでもない。この第六天魔王。
二郎衛門　たわけたことを。（刀を抜く）
蘭兵衛　面白い。いずれどこかで決着はつける身。

対峙する二郎衛門対蘭兵衛・天魔王。
と、一人の忍びが二郎衛門をかばうように飛び出してくる。服部半蔵《はっとりはんぞう》だ。続いて十蔵と全蔵が率いる服部忍群も登場。

半蔵　随分と探しましたぞ。お下がり下さい、殿。
二郎衛門　半蔵、とめるな。とめるなとゆーに！
半蔵　いいえ。ここできゃつらと剣を交えれば、それはすでに戦となります。秀吉公の許しもなく開戦する勇み足ととられかねません。殿を護るのが拙者の役目。

二郎衛門をかばう服部忍群。天魔王、蘭兵衛と太刀を交える十蔵、全蔵。

蘭兵衛　やるな、名は。
半蔵　笑止。忍びが名を明かすときは死ぬるとき。
二郎衛門　伊賀の頭領、服部半蔵。
半蔵　とのー。
二郎衛門　ばか、お前、こーゆーときはガツンとかましたるんじゃ。ガツンと。
天魔王　ふふん。大名とは不便なものだな。せいぜいそうやって秀吉の御機嫌をとっておくがいい。おぬしの正体知れたとなれば都合が悪かろう。今、ぬしの代わりにその女の首はねてやるわ。
二郎衛門　あまり儂を怒らせるなよ、天魔王。

そこに駆け込んでくる沙霧と渡京。そしてガンテツ斎。

沙霧　おとなしくここを出ていけ、天魔王。さもないと。

天魔王　さもないと？
沙霧　忠馬、これを。（刀を渡す）
二郎衛門　無駄だ。こいつの鎧は刀じゃ歯がたたん。
沙霧　いや、これは特製だ。天魔王を倒すために捨之介が作らせた。
ガンテツ斎　俺が打った刀だ。このガンテツ斎が。
天魔王　（笑い出し）いいだろう。

手を上げると奥から火の手が上がる。
蘭兵衛、天魔王に仮面を渡す。

渡京　火だ。火をつけやがった。
天魔王　熊木の沙霧か。貴様の度胸に免じて面白いことを教えてやろう。捨之介は生きている。髑髏城の牢内で息もたえだえではあるがな。おぬしらと奴と、死ぬのはどちらが早いかな。
忠馬　逃げるのか!!
天魔王　吠えろ吠えろ。（仮面をつける）
蘭兵衛　（二郎衛門に）すぐにこの世は魔天となる。天下が欲しければ最初からやり直すことだ。今度は一から自分の手でな。
天魔王　人間五十年、夢幻の如くなり。第六天魔王が作るこの世の悪夢、たっぷりと味わうがよい。家康殿。

「家康」という言葉に驚く沙霧と渡京。
嗤いながら消える天魔王と蘭兵衛。

沙霧　（極楽に）大丈夫？
極楽　うちだけはね。
忠馬　（全滅している荒武者隊に）お、お前達……、すまねえ、俺は、俺は……。
渡京　まずいな。火が回ってきたぞ。
沙霧　はやく消さないと。

駆け出す渡京、沙霧、贋鉄斎。

忠馬　すまねえ、才蔵……。
極楽　（座り込んでいる忠馬に）何してんの。あんたがそんなことでどないすんの。才蔵はんに笑われるで。
兵庫　でもよう。
極楽　弱いもん護るんが、荒武者隊やて、仁平はんとうちを護って。みんな立派な最期やったよ。
……あんた、ええ子分持ったよ。忠馬の旦那。
忠馬　……そうか、そうだな。（立ち上がる）

極楽、佇む二郎衛門につかつかと歩み寄ると、平手打ち。

極楽　おんどれら、みんな、一緒や！

踵を返して駆け去る忠馬と極楽。

二郎衛門　お、おのれ、天魔王ー。（後を追おうとする）
十蔵　お待ち下さい、殿！（と、羽交い締め）
二郎衛門　ええい、放せ、放せ十蔵！　このままきゃつらを見逃しては儂の意地が通らぬ。天魔王はこの儂が斬る、斬るぞー！
全蔵　ご辛抱下さい、殿！
半蔵　あと数日で太閤殿下が駿河にお着きになられます。至急お戻り下さい。殿と天魔王が組んで、太閤殿下を打ち殺そうとしているという噂が流れております。今、殿が秀吉公をお出迎えせねば、また痛くもない腹を探られかねません。
二郎衛門　なにい、儂が太閤殿下を殺そうなどと……。奴だな、天魔王が流した噂だな。奴め姑息な手を。……わかった、十蔵、放せ。放せと言うに。
半蔵　（無界を見て）あ奴らはいかがいたしましょう。
二郎衛門　ほおっておけ。（と、頬をさわる）……半蔵、太閤殿下をお出迎え次第、先駆けで出るぞ。

半蔵　兵の準備おこたるな。
二郎衛門　では。
髑髏城攻めだ。来い。

二郎衛門と半蔵、そして服部忍群立ち去る。

☆

夜が明けて、雨になる。

無界の里は燃え尽き灰と化している。

その中に佇む沙霧と極楽。

忠馬、渡京、贋鉄斎、後ろで女達の亡骸を片づけていく。女の髪を切って束ねたものをゆっくり並べる極楽。

極楽　……おくず、おあや、おみゆ、おみほ、おりえ、おさや……。……みんな、成仏しいや。
渡京　鉄砲は？
忠馬　駄目だ。隠し場所には一挺たりと残ってなかった。
極楽　蘭兵衛の仕業や。

渡京と贋鉄斎が荒武者隊の亡骸を片づけている。

忠馬、それを見て深々と合掌する。

沙霧　（忠馬に）頼みがある。こんな頼み、無茶は承知だ。でも、頼めるのはあんたくらいしかいない。
忠馬　捨之介……か。（微笑み）おめえに頼まれなくても、こっちはそのつもりだよ。
渡京　歯が立つのか、お前の拳《こぶし》で。
忠馬　（じっと拳を見る）この拳は、俺一人のものじゃねえ。
渡京　豊臣の軍も間近に来ている。今、髑髏城に行くのは死にに行くようなもんだぞ。
忠馬　そんなことは承知のうえだ。どうせ人間一度は死ぬんだ。死に場所くらいてめえで決めらあ。（置いてあった大刀を摑み）人を斬るのは一度でたくさんだと思ってたが……。うおおおお！（大刀を引き抜く。赤錆だらけ）刀鍛冶、こいつを研ぎ直してくれ。（ガンテツ斎に殴られる）あたっ！
ガンテツ斎　か、か、刀はお友達だぁっ！　何だ、この手入れは。赤錆だらけじゃないか。刀が泣いてるぞ。何がこぶしの忠馬だ。ただの怠け者だ。
忠馬　そこをなんとか。
ガンテツ斎　研ぐぞ。思いっきり。力の限り。
忠馬　研いでくれ。限界まで。
ガンテツ斎　わかった。（と、手を出す）お前も友達。
忠馬　おう。（とその手を握る）

なんだかわからないが熱いものが通い合う二人。

極楽　（女達の髪をまとめて懐に入れると）忠馬、うちも行くよ。真夫《まぶ》が命賭けるときに見過ごすようじゃ、あの子らに笑われる。想われた分だけきちっと返すんが、無界の女や。

忠馬　……太夫。

見つめる忠馬。うなずく極楽。

沙霧　でも、鉄砲もなくてどうするの。

極楽　秘密兵器ってやつがあんねん。

沙霧　秘密兵器？

極楽　（走って和風の小型機銃を持ってくる）輪胴轟雷筒《りんどうごうらいづつ》。南蛮から伝わったもんを雑賀で改良した。これだけは、蘭兵衛にも内緒やったんや。こいつで天魔王のぼけかす、ぼろぼろのぎたぎたにしたるわ。

忠馬　ご、極楽。

極楽　りんどうや。ほんまの名前はりんどう。これからはそう呼んで。……但し一回、銀一枚や。

忠馬　たくましい。

沙霧　道案内は、あたしがする。

忠馬　でも、絵図面は。絵図面は奴らに奪われてんじゃねえのか。

沙霧　絵図面は、ほんのさわりだよ。髑髏城のすべての秘密はここにある。（と頭を指す）
一同　は？
沙霧　……あたしが赤針斎だ。熊木流の長《おさ》はあたしなんだ。おじいはその影武者。みんな、あたしを護るために犠牲になった。だから、なおさら捨之介は救いたい。……うまく説明できないんだけど。
渡京　……影武者として生き残った者と、影武者を犠牲にした者か。妙な縁《えにし》だな。が、殴り込みなら、人手が足りないんじゃないか。
忠馬　渡京。
渡京　あまり信用してもらわない方がいい。自分でも自分の血がよくわからないんでね。どうせこの血を裏切るんなら、徹底的にやりたい。それに、奴らは、俺の一番の親友を殺した。
忠馬　？
渡京　（半分になった算盤を出し）ころ助くん、お前の仇は、必ず俺が討つ〜。この恨みはらさでおくべきか〜。
忠馬　勝手にしろ。

天を仰ぎ指さす忠馬。

忠馬　天魔王。てめえが虫けらだと思ってる連中の力、見せてやろうじゃねえか。

駆け去る一同。
と、その後ろ姿を見つめる仁平。
手に持つ鎌を見つめ、何かを決意すると、彼らの後に続く。

――暗転――

第七景

音楽。
沙霧、極楽太夫、忠馬、渡京、ガンテツ斎、仁平。髑髏城に突入する一同と、城で待ち受ける髑髏党、そして蘭兵衛。それぞれの姿が音楽に乗って点描される。
そして髑髏城内。
死に物狂いの戦いで、髑髏党の雑兵をけちらして見得を切る忠馬。

忠馬　友の想いをこの手に握り、男の筋は拳固で通す。誰が呼んだかこぶしの忠馬だ。思い知ったか、こん畜生!!

出てくる渡京と沙霧。

忠馬　どうだった、捨之介は。
渡京　だめだ。
沙霧　地下牢にはいなかった……。

忠馬　じゃあ、どこに。
沙霧　天守閣の近くに、座敷牢がある。そっちかも。

そのとき、極楽の声。

極楽（声）　うおおおお、いてまえや、ごるぁああっ!!

同時に響く輪胴轟雷筒の銃声。

渡京　派手にやってるな、あっちも。
沙霧　城に入ってから、ずっとああだ。
忠馬　俺は極楽達と合流して、もう少し奴らの気を引いてる。必ず、捨之介を見つけ出せよ。
沙霧　危なくなったら、抜け穴に逃げ込んで。あいつらが知らない場所は、まだいくらでもあるから。
忠馬　たいした仕事師だよ、お前は。
沙霧　ありがとう。
渡京　俺は、彼女を護る。
忠馬　どうも頼りないが、頼んだぜ。

駆け去る忠馬。

沙霧　行こう。

と、駆け出そうとする足が止まる。
彼女の行く手をふさいで鬼龍丸が登場。

鬼龍丸　鼠が、まんまと舞い戻ってきたか。
沙霧　鬼龍丸……。
鬼龍丸　どうした。捨之介でも助けに来たのか。この期に及んで我ら髑髏党にたてつこうなどとは、愚かな奴だ。
渡京　沙霧、下がっていろ。
鬼龍丸　ほう、裏切り男が何のつもりだ。まあいい、貴様から先に血祭りにあげてやるわ。
渡京　できるかな。
鬼龍丸　なにぃ。
渡京　俺は裏切ってばかりで戦ったことがないので、自分でも己の力がどれくらいかよくわからない。手加減などという小技は使えんぞ。心してかかってこい。（刀を抜く。結構強そう）
鬼龍丸　死ね。

襲いかかる鬼龍丸。渡京、実は弱い。たちまち叩きのめされる。

渡京　あー、俺のバカー。俺ってばものすごく弱いじゃないかー！

沙霧　もう、何やってんのよ。

渡京　（突然、低く笑い出す）ふっふっふっふっふ。作戦通りでしたなあ、鬼龍丸様。この小田切渡京、みごと沙霧を捕らえて戻ってまいりましたぞ。

沙霧　あー、渡京、お前はまた。

渡京　（鬼龍丸の腕あたりに必死でまとわりつく）ささ、奴の首はあなた様に。ささ、その腕でとどめを。

鬼龍丸　ええい、まとわりつくな！　その手にのるか!!

渡京を振り払う鬼龍丸。

鬼龍丸　お前の底の浅い芝居に騙されるものか！　二人まとめて地獄へ送ってやる。（腕の鬼龍爆連殺を構える）

渡京、沙霧の首に刀をあてる。

渡京　動くな！　一歩でも動くと、この女の命はないぞ！

鬼龍丸　なくてかまわん！
渡京　え？
沙霧　もう何もかも見失ってるぞ、渡京。何考えてるんだ、お前。
鬼龍丸　だから、二人まとめて殺してやると言ってるだろう。死ね！

鬼龍爆連殺を撃つ鬼龍丸。が、暴発。鎧の一部が砕けたのか、ダメージを受ける鬼龍丸。

鬼龍丸　なに⁉
渡京　ばかめ。さっき近づいたときに発射口に算盤の玉を詰め込んだ。俺の算盤は粘着質だ‼
鬼龍丸　くそう！

そこに現れるガンテツ斎。手に巨大な算盤。

ガンテツ斎　渡京！

巨大算盤を受け取る渡京。

渡京　そしてこれが生まれ変わった新しい友、ジャンボころ助くんだ！
ガンテツ斎　俺が作った！（胸をはると）じゃ。

駆け去るガンテツ斎。

鬼龍丸　おのれ！

剛剣で打ちかかる鬼龍丸。それを巨大算盤で受ける渡京。逆に鬼龍丸を叩きのめす。

鬼龍丸　そ、そんなばかげた武器に……。

渡京　算盤を笑う者は算盤に泣け！

渡京のとどめの一撃。

鬼龍丸、倒れる。

沙霧　渡京。すごいな。

渡京　お前、俺が負けると思ってたろう。

沙霧　え。

渡京　その予想を必死で裏切ったんだ。

沙霧　すんませんでした。

などと言いながら奥に駆け出す二人。
駆け去る沙霧と渡京。

☆

入れ替わりに駆け込む忠馬。

忠馬 極楽、どこだ、極楽。

と、その前に姿を現す非道丸。

非道丸 この髑髏城で、それ以上好きにはさせんぞ。田舎武者。これ以上、天魔王様の怒りを買うのは御免なのでな。

忠馬 何だ、貴様は。

非道丸 刃の非道丸。この城は俺が護る。

忠馬 誰だろうと、かまいはしねえ。今夜の俺達を止められる奴はいねえ。どけえ！

拳で打ちかかる忠馬。
非道丸の剣、はやい。忠馬手こずる。

忠馬 やるじゃねえか。おもしれえ。だったらこっちもこれで勝負だ。受けてみろ、荒武者電光

非道丸　剣！（背の大刀を引き抜く。刀身は極端に短い）
忠馬　……なんだ、それは。
非道丸　うるせえうるせえ。刀鍛冶が力の限り研いだらこうなったんだよ。行くぜ、非道丸。
上等だ。

二刀流で襲いかかる非道丸。
二人の戦い。剣をはじき飛ばされる忠馬。

忠馬　くそう。
非道丸　終わりだな。

と、そこに仁平が飛び込んでくる。両手に鎌。非道丸に斬りつける。

非道丸　ぐ！
忠馬　あにさ！
仁平　鎌使いなら、村一番だに！

鎌を振るう仁平。その動き、早い。

非道丸　くそ。

仁平　くらえ、旋風稲刈り剣。

くるくる回りながら非道丸を襲う仁平。

ひるむ非道丸。

仁平　どうした、忠太、何ぼやっと見てる。お前が男の筋を通すのを最後まで見届けたい。それが才蔵さんの最後の言葉だっただに。

忠馬　え。（拳《こぶし》を見て）そうか、わかった。

拳で殴りかかる忠馬。今度は速い。非道丸の剣をかいくぐり殴り倒す。

非道丸　なに。

忠馬　俺の拳はただの拳じゃねえ。米百俵分の重さを背負った拳なんだよ‼

そして忠馬と仁平のとどめのパンチと斬撃。

非道丸　……も、もう、お腹いっぱいです。

倒れる非道丸。絶命。

忠馬　見てくれたか、才蔵、みんな。

と、血相を変えたガンテツ斎が走ってくる。
忠馬を殴ると、とばされた電光剣を見せる。

ガンテツ斎　刀はともだち。迷子にしちゃだめ！

忠馬　あ、す、すみません。

そこに極楽、輪胴轟雷筒で応戦しながら飛び込んでくる。

極楽　みんな下がって。

忠馬　どうした。

と、鉄機兵達が雑賀党の鉄砲を持って登場。
指揮するのは剛厳丸。

忠馬　あれは。

極楽　そう。あたしらの銃よ。

剛厳丸　ふふ。さすがに雑賀の女達が手入れしていただけのことはある。いい銃だよ。天魔王様もお喜びになるだろう。

極楽　そんなことさせるか！（引き金をひくが弾が出ない）え……。

剛厳丸　どうやら弾切れのようだな。今度はこちらの番だ。撃て！

鉄機兵の一斉射撃。

が、ガンテツ斎が両手を広げて一同をかばうように仁王立ち。静寂。

忠馬　ガンテツ斎ーっ！

ガンテツ斎（胸を広げて）ほれ、弾。（と、胸の鉄板についている弾をはずして極楽に渡す）

忠馬　ぼ、防弾かたびら……。

ガンテツ斎　磁石つきだってば。

極楽　くらえ！

極楽、轟雷筒を連射。敵を一掃。

極楽　見たか、輪胴轟雷筒。

一人残る剛厳丸。

剛厳丸　ぬぬぬぬぬ。
極楽　あれ、また弾切れ？（と、弾が出ない風）
剛厳丸　ふはははは。
極楽　なんて、嘘。

と、引き金を絞り、剛厳丸を撃ち抜く。

剛厳丸　ひ、ひどい。

倒れる剛厳丸。

極楽　うちらの銃を戦に使おうとした報いや。
忠馬　……ひょっとして、性格悪い？
極楽　（可愛く）ううん、ちっとも。（元に戻って）捨之介はんは？
忠馬　地下牢にはいねえ。沙霧が天守閣の方かもと言ってた。
ガンテツ斎　行こう。せっかく打ったこの斬鎧剣、絶対、捨之介に渡す。

駆け去る一同。

☆

天守閣近くの座敷牢。

横たわっている捨之介。

と、牢の外に立つ戦装束の蘭兵衛。

蘭兵衛　…………。（じっと倒れた捨之介を見ている）

捨之介　（倒れたまま）どうした。

蘭兵衛　豊臣軍二十万、品川の砦を墜しこの髑髏城めがけ進軍している。まもなく戦《いくさ》が始まるぞ。

捨之介　だからどうした。

蘭兵衛　無界の里は、私が焼いた。もう、お前に戻る場所はない。

捨之介　（起き上がる）なんだと。

蘭兵衛　私も殺した、無界屋蘭兵衛という男を。

捨之介　馬鹿野郎。昔は流して忘れるしかねえ。強引に消しても、必ず無理は残るぞ。

蘭兵衛　…………。

そのとき、人の気配。蘭兵衛、それを察して立ち去る。

入れ替わりに現れる龍舌と仮面の斬首兵、巨烈、豪烈。それぞれ手に巨大な首切り斧。

牢に入ってくる三人。

捨之介　随分と物騒な連中が現れたな。
龍舌　捨之介、お前の首、頂戴する。
捨之介　ここまで生かしといて、どうした風の吹き回しだい。
豪烈　時が満ちたということだ。
巨烈　すべては天魔王様の御心のまま。

そのとき、遠くで極楽が撃つ轟雷筒の音。
巨烈、豪烈、一瞬、そちらに気をとられる。
その隙をついて、龍舌の刀を奪う捨之介。
龍舌、巨烈、豪烈と捨之介の戦い。
が、捨之介が三人を斬り伏せる。

捨之介　あの音は……。まさか奴らか……。

牢を抜けて逃げる捨之介。

☆

天守閣。入ってくる蘭兵衛。
待っている魔母衣衆の胡蝶、玉花、富貴、素心の四人。

胡蝶　蘭丸様。まもなくここも包囲されます。先頭は家康の兵かと。
蘭兵衛　来たか、あの狸親父。全軍、戦《いくさ》の準備だ。
胡蝶　はっ。

そこに入ってくる捨之介。
おかなとおよしを連れている。但し女達の格好は、無明、無音のもの。

蘭兵衛　……捨之介、貴様。およし、おかな、お前達までどうして。
捨之介　こいつらも捕まってたんだよ、牢屋に。女を見殺しにする捨之介様だと思ったか。いつまで、そんなことやってるつもりだ。さあ、一緒に来い。
蘭兵衛　(刀を抜き) もはや、後戻りはできん。さあ、おとなしく牢に戻れ。さもなくば……。
捨之介　さもなくば、どうするというのかな。

捨之介の口調が途中から変わる。女達笑い出す。
捨之介に扮した天魔王だったのだ。

天魔王　……お前まで捨之介と思うなら、この姿に扮した価値はある。
蘭兵衛　お前、天魔王か。しかし、なぜ。

およし　落ち着きなされよ、蘭丸殿。
おかな　すべて天魔王様の計略。
蘭兵衛　……お前達。
天魔王　おう、そうか。お前にはまだ告げてなかったな。無明に無音。もっともお前にはおよしにおかなと言った方が通りはいいだろうが。
蘭兵衛　なにい……。じゃあお前達、ずっと私をたばかって……。
無明　天魔王様は、一時たりとあなた様から目を離したことはございませんでした。
無音　無界の里を作ったときから、私たちを女達の中に潜ませた。
蘭兵衛　私は、最初から貴様の手の平の上で踊っていたというわけか。
天魔王　気を悪くするな、蘭丸。秀吉と対抗するためには、どうしてもお前が必要だったのだ。……この一時まではな！

突然、蘭兵衛に斬りつける天魔王。

蘭兵衛　な、何をする。
天魔王　事情が変わった。この戦は負けだ。
蘭兵衛　なにい。
天魔王　先日、エゲレス艦隊より知らせが来た。ポルトガル制圧に失敗して本国で政変が起き、艦隊は急遽、国に戻ったとか。いくら、関東で乱を起こそうと、肝心の大坂が叩けなくては、

蘭兵衛　この戦、もはや何の意味もない。
天魔王　それで。
蘭兵衛　知れたこと。関東髑髏党は壊滅、天魔王と織田の残党森蘭丸は無惨に討ち死になるだけのことだ。
天魔王　……そうか、貴様、それで捨之介を……。
無音　もともと影武者だった男だ。奴も本望だろうよ。この私の影として死ねればな。
無明　まもなく、無界の残党が捨之介を助けにここに来る。
天魔王　捨之介はこの奥に作られた座敷牢を抜け出し、裏切り者蘭兵衛を倒して、我らを救い出しここで待っているという筋書きだ。
無明　ふむ。それも少し違うな。（と、無明、無音にも斬りつける）
天魔王　な、何をなさいます⁉
　　　決まっているだろう。この天魔王が生き延びたという事実、知る者は少なければ少ないほどいい。

抵抗する無明、無音を斬る天魔王。

その惨劇を無表情に見ている魔母衣衆。

天魔王、彼らも斬っていく。魔母衣衆は、身動きしない。彼に斬られるのを歓びと感じていくように斬られていく。

蘭兵衛　天魔王、おのれは！
天魔王　安心しろ、蘭丸。貴様の無念、いつか必ずこの私が晴らしてやるわ。私がいる限り、天は滅びん。
蘭兵衛　貴様……。

斬りかかるが天魔王の斬撃に倒れる蘭兵衛。

天魔王　務め、ご苦労。

刀をおさめる天魔王。
と、人の気配を感じて一旦駆け去る。
そこに駆け込んでくる忠馬、極楽、ガンテツ斎、仁平。そして沙霧と渡京。

忠馬　沙霧。捨之介は？
沙霧　いや、まだ。
渡京　しかし、ここは……。
極楽　皆殺しやな。

そこに現れる天魔王。その仕草も声も恐ろしいほど捨之介そっくり。

天魔王　お前ら。
沙霧　捨之介！
忠馬　無事だったか。
天魔王　なんとかな。

抱きつく沙霧。優しく抱きしめる天魔王。
その抱きしめ方になんとなく違和感を感じる沙霧。
倒れている連中を見ているが、無明と無音に気づく極楽。

極楽　およし、おかな！　なんで、あんたらが！
天魔王　……ああ、こいつら、天魔王の手下だったらしい。蘭兵衛とつるんでやがった。
極楽　……そんな。
天魔王　恐い女だぜ。牢を出たところで襲ってきたんでな。しょうがねえや。

顔色が変わる沙霧。

天魔王　そんなことより天魔王を逃がした。早く追わねえと。（走り出そうとする）
沙霧　忠馬、逃がすな。そいつが天魔王だ！

忠馬　なに！

天魔王　何を言い出すんだよ、沙霧。しっかりしろ。

沙霧　捨之介は絶対に女を斬ったりしない。たとえ自分が斬られようとね。

顔色が変わる天魔王。刀を抜く。

極楽　下がって！（銃を撃つ）

と、倒れていた蘭兵衛が、跳ね起き天魔王をかばう。

天魔王　蘭丸、貴様……。

蘭兵衛　勘違いするな。これで貴様を裏切ったら、俺は貴様や光秀と同じになる。それだけは御免だ。

天魔王　……愚かな奴だ。（沙霧達に）まもなくこの城には大軍が押し寄せる。この城から生きて出るのは、どちらかな。（笑いながら駆け去る）

忠馬　待て！

蘭兵衛　行かさん！

極楽　蘭兵衛、お前は。お前は最後まで！

蘭兵衛　しょせん外道だ。来い！（刀を抜いて駆け寄る）

極楽が撃とうとするが、それよりも早く忠馬が蘭兵衛に駈け寄る。極楽あわてて銃を向けるのをやめる。

忠馬　うおおおおお！

忠馬、蘭兵衛に殴りかかる。
倒れる蘭兵衛。のしかかってめった打ちする忠馬。

忠馬　この！　この！

極楽、忠馬の肩に手を置く。

極楽　……もう、ええ。もう、ええんや。

極楽の顔を見て、殴るのをやめる忠馬。
そのとき、壁がばんと開く。抜け道の扉だ。
そこから現れる捨之介。
一斉に身構える六人。

捨之介　お前達……。
忠馬　どっちだ。
捨之介　なんだなんだ、その顔は。
沙霧　……捨……之介？
捨之介　なんだ、また間違えて俺の晩飯ぱあにするつもりか。

思わず抱きつく沙霧。

捨之介　よしよし、五年後あけとくから。（と沙霧の背中を叩く）
沙霧　ば、ばか。（離れる）
極楽　今度はほんまもんや。
捨之介　……まったく、てめえら、無茶しやがる。（が、一同に頭を下げる）すまねえ。

うなずく一同。

捨之介　（倒れている蘭兵衛に気づき）……蘭兵衛。……てめえが選んだ道だ。今度は迷わず殿の後をついていけよ……。

と、蘭兵衛の腕を組んで首の数珠を握らせてやる。

捨之介　……天魔王はどこだ。
忠馬　奥だ。奥に消えてった。
ガンテツ斎　捨之介、斬鎧剣だ。（刀を渡す）
捨之介　カンテツ、できたのか。
ガンテツ斎　ああ。約束だ。百人斬り、俺も行くぞ。
捨之介　わかった、カンテツ……じゃねえ。お前も立派な二代目ガンテツ斎だ。
ガンテツ斎　おお！（うなずくと、頭の点々を抜く）

駆け出す捨之介。後に続く一同。

☆

天守閣、奥。

ずらりと並ぶ鉄機兵。

現れる捨之介とガンテツ斎、鉄機兵の中に駆け込んでいく。

髑髏党を片っ端から斬っていく捨之介。一人斬るたびにガンテツ斎に刀を渡す。ガンテツ斎、刀を打ち直し投げ渡す。

全員打ち倒す捨之介。

そこに現れる無名。

無名　天魔王様、俺が護る。
捨之介　雑魚が。邪魔すんじゃねえや!!

無名の剣は早いが、怒り心頭に発した捨之介の敵ではない。無名の腹に捨之介の剣が突き刺さる。無名を打ち倒す捨之介。

捨之介　これで終わりか。天魔王、天魔王はどこだ。けりつけようじゃねえか。

仮面と鎧の天魔王、現れる。

捨之介　現れやがったな。（斬鎧剣を手にする）
ガンテツ斎　（小声で）気をつけろ。一回勝負だ。
捨之介　わかってるよ。（天魔王に）俺は今、相当頭にきてるんだ。もう、容赦はしねえ。
天魔王　それはこちらも同じことだ。貴様らのような雑魚に、かかわり合ったのが私の失策だった。
捨之介　てめえはいつもそうだ。誰かの仮面をかぶり誰かに頼った形でしか、動けねえくせによ。
天魔王　なに。
捨之介　知ってるぜ。光秀が謀反を起こしたのは、てめえの入れ知恵だろう。八年前は光秀、今度はエゲレス。てめえはいつでも人頼みなんだよ。でもな、いちばん頭にきてるのは、それが止められなかった俺自身だ。

天魔王　（笑い出す）貴様に私が止められるものか。しょせんは地を這う者。天の志など知る由もない。こい、今一度、地べたに這いつくばらせてやる。

捨之介　やれるかい。こっちも、もう悔いは残さねえ。

襲いかかる天魔王。鞘ごと受ける捨之介。
何手かの攻防の末、天魔王の刀を弾き飛ばす捨之介。斬鎧剣を抜く。

捨之介　もらった！（打ちかかる）

が、斬鎧剣をはじく天魔王の鎧。

捨之介　くそ！

天魔王　どうやら無駄なあがきだったようだな。

天魔王、刀を拾うとゆっくりと捨之介に近づく。捨之介、斬撃を繰り返す。が、天魔王には効かない。

天魔王　ふははは。どうした、捨之介。ガンテツ斎自慢の剣もこの無敵の鎧の前には歯が立たぬようだな。

捨之介　さあて、そいつはどうかな。こいつのおかげで、鎧にひびが入ってるぜ。
天魔王　ぬ。

打ちかかる捨之介。その刀を摑む天魔王。

天魔王　だったら、へし折ってくれる。
捨之介　させるかよ！
天魔王　なに⁉

摑まれた刀の刀身から、もう一回二枚目の刀を抜く。刀は二重構造になっていて、刀身の中にもう一つ薄刃の刀が仕込まれていたのだ。鎧に入った亀裂にその薄い刀を突き刺す捨之介。

天魔王　な、なぜ……。
ガンテツ斎　見たか。親方工夫の二枚刃仕込み。最初の刃《やいば》で鎧を砕き、とどめの薄刃で心臓を貫く。肌に無理なく深剃りが効く。うん、よく言えた。
捨之介　一発勝負の奇襲技だ。てめえ相手にゃ丁度いいだろう。（天魔王から刀を抜く）

よろめく天魔王、笑い出す。

天魔王　ふっふっふ。これで貴様も道連れだ。捨之介、天魔王として死ぬがいい。
捨之介　なんだと。

倒れる天魔王。と、突然、鬨《とき》の声。
駆け込んでくる沙霧、忠馬、極楽、渡京、仁平。

忠馬　大変だ。城の中にすごい軍勢がなだれ込んできてるぞ。
渡京　三つ葉葵の旗印だ。ありゃあ、徳川の軍だな。
極楽　いよいよ関東征伐の始まりというわけやね。あの狸親父。

と、城の中で爆発。城がきしむ音。

仁平　な、なんだあ。
沙霧　……しまった。
捨之介　どうした。
沙霧　天魔王に出し抜かれた。この城はもうすぐつぶれる。
極楽　そんな。
沙霧　短期間で建てた城だよ。もろい部分はある。その場所に爆薬を仕掛けられた。このままじゃ、この城にいる連中全員押しつぶされちまうぞ。

忠馬　わかった、とっとと逃げ出そう。

と、笑い出す捨之介。

沙霧　……捨之介。
捨之介　やられたなあ、こいつは天魔王が仕掛けた最後の罠だ。どうでも、俺は天魔王として死ななきゃならないらしい。
沙霧　なんで。
捨之介　髑髏党の残党、徳川の軍、今この城にいる連中を外に出す一番早い手はなんだ。
沙霧　あんた、まさか。
捨之介　そうだ。天魔王がこの城から出ればいい。髑髏党は彼に従い、徳川軍は追って出る。
極楽　じゃあ、あんた、髑髏党と徳川軍のためにその命賭けようというんか。あほくさ。何のためにうちらが、この子が（沙霧を指す）助けに来たと思うとるんや。
忠馬　そのとおりだ。侍は侍で勝手にやらせて、俺達はとっとと逃げ出せばいい。後のことは知ったこっちゃねえ。
捨之介　ところがそうもいかねえんだな。このまま見過ごしちゃあ、俺も奴と、天魔王と同じになっちまう。
沙霧　なんでだよ。そんなにボロボロになって、やっとあいつ倒したのに、なんでだよ……。
捨之介　これ以上目の前で無駄な人死にが出るのは御免被りたい気分なんだよ。もっとも、俺のこ

渡京　の性格まで見越して、天魔王の野郎、この罠を仕掛けたんだけどな。
沙霧　己の血を裏切るってのも難しいもんだな。
捨之介　それで、どうするんだよ。天魔王になって死ぬのかよ。
沙霧　そうだ。豊臣軍の、あの家康の前ではっきりとな。でなけりゃ猜疑心の強い秀吉は安心しねえ。そこでだ、沙霧。頼みがある。天魔王の首、お前が落としてくれ。
捨之介　え。
沙霧　お前しか、この技はできねえ。
捨之介　それは……。
沙霧　頼む。
捨之介　……死ぬときは、女の手にかかって死にたい。それがあんたの夢だったよね。
沙霧　そういうことだ。
極楽　わかった。やるよ。
捨之介　沙霧。
　　さすが、俺が見込んだだけのことはある。

と、再び爆発音。

捨之介　時間がねえ。お前らは逃げろ。
忠馬　冗談じゃねえ。毒くわば皿までだ。こうなりゃ、つきあうさ。とことんまでな。

うなずく六人。微笑む捨之介。
劫火の中に浮かぶ七人のシルエット。
と、鎧武者姿の二郎衛門登場。いや、今は三河武者を率いる徳川家康その人である。

家康　馬かけーい！　鉄砲兵、担え筒ーっ！　よいか。天魔王の首をとるは、我ら徳川の兵ぞ。爆発などにひるむな。一気に攻め込め！　いや、待て。あれは天魔王か。ようし逃がすな。奴を追え。追うのじゃー!!

叫ぶ家康。その姿も煙の中に消える。
雨になり、やがて髑髏城は霧と煙に包まれる。

——暗転——

第八景

天正十八年四月二十二日、雨。
廃墟と化した髑髏城の前に佇む家康。
焼け落ちかけた祠と地蔵も隅にある。
横に控える半蔵。
と、十蔵と全蔵に連れてこられる沙霧。
家康の前に膝をつき頭を下げる沙霧。

家康　おぬしが、天魔王を捕らえたと。
沙霧　は。
家康　おぬし、いったい何を。
沙霧　金五百枚。
家康　なに。
沙霧　秀吉公が天魔王の首にかけたる賞金でございます。確か金五百枚かと。
家康　これほどの危険を冒して、金が欲しいか。

沙霧　お殿様は望めば天下も掴めますが、私達が掴めるものは金くらいしかございませんから。

　と、忠馬、渡京、ガンテツ斎、極楽が無敵の鎧と仮面姿の縛られた男を連れてくる。

　天魔王になりすました捨之介である。

捨之介　はなせ貴様ら、私を誰だと思っている。

　忠馬、仮面をとる。素顔になる捨之介。

家康　貴様。

捨之介　(家康に) これで勝ったつもりか。覚えておけ、天魔は死なん。貴様らが天下を求めて戦《いくさ》を繰り返す限り、何度でも蘇る。それがこの俺の、天魔の男の呪いだ。いいか、忘れるな!

　暴れる捨之介を、忠馬達、物陰に押さえつける。

　ガンテツ斎が沙霧に刀を渡す。

捨之介　覚えていろよ、家康! 俺は、俺は……!

沙霧　御免!

刀を振り下ろすと、首がとぶ。倒れる胴体。

家康　な！

沙霧、その首を家康に差し出す。
家康、その首を見つめる。

家康　……おぬしら。（と、五人を見るが）半蔵……。

金を渡せと言う家康。

半蔵　しかし……。
家康　かまわぬ。
半蔵　は。――おい。

十蔵、その首を受け取ると布で包む。
全蔵、金子箱を持ってくる。
配下の兵が、倒れている胴体を片づける。

家康　さらばだ。二度と儂の前に顔を見せるでない。

五人、土下座する。

家康、半蔵、十蔵、全蔵を連れて立ち去る。

途中で止まり。

家康　あの連中に手出しは無用だぞ。

半蔵　しかし……。

家康　大坂の顔色ならば気にするな。浪速の猿は、信長公の亡霊にとりつかれておる。じきに豊臣も滅ぶ。半蔵、髑髏城、儂がもらうぞ。あれを我らが居城とする。これからは関東が我らの国だ。ここに都を作る。

半蔵　こんな荒野にですか。

家康　ああ。いずれ、この関東が、京を、大坂を、日の本を呑み喰らってやる。ここに眠る魔王の魂を封じるにはそれしかあるまい。行くぞ、馬ひけぃ！

足早に立ち去る家康と半蔵、十蔵、全蔵。

五人、しばらく土下座しているが、その身体が細かく震えてくる。笑っているのだ。

全員、立ち上がる。

全員　ひのふの、み！

かけ声にあわせて沙霧が地蔵に刀を振るう。
と、その中から、着流しの捨之介が現れる。

忠馬　まんまとひっかかったな、ばかやろう。その首は本物の天魔王の首だよ。
極楽　斬られる瞬間、天魔王の死体に入れ替えるか。たいしたすり替え芸やね。南蛮の手妻かい。
捨之介　まあ、そんなもんだ。タネは俺と沙霧の秘密だよ。
沙霧　やられた者にしかわかんないからね。
忠馬　しょせん影武者は、影武者の役に逆戻りってわけか。皮肉なもんだ。
ガンテツ斎　（捨之介を見て）ああー、捨之介！
極楽　気づいてなかったんか。
渡京　家康を騙すんなら騙すと先に言ってくれればいいものを。意味深な言い方するから柄にもなく心配しちまったぞ。
捨之介　わりぃな。はったりは俺の癖でね。
極楽　うちら騙したむくいや。あのおっさんにもいい薬になったやろ。
捨之介　それはどうかな。あの狸のことだ。騙したつもりで騙されたのかもしれんぜ。結局、奴め、金五百枚でこの関東を手に入れやがった。それも秀吉の金でだ。
ガンテツ斎　さてと。（箱から一枚金をとり）俺は行く。また何かあったら、ハト飛ばしてくれ。飛んでくる。

捨之介　今度は食うなよ。

沙霧　ガンテツ斎、もっと持ってきなよ。

ガンテツ斎　いい、いい。金はいらねえ。

と、腕につけた砥石で金を研ぐと髑髏城廃墟の柱に向かって投げる。金、手裏剣のように突き刺さる。

ガンテツ斎　よし、よく研げた。

うなずくと立ち去る。

渡京、柱に刺さった金を抜く。それを大きな袋に入れる。続けて金子箱から金をざくざく入れる。

渡京　畜生。（大きな袋を取り上げ）金なんか全然欲しくないんだが、自分を裏切るというのも辛いもんだな。

一同　うそつけ。

渡京　うそつき渡京と人は呼ぶ。

隅に置いてあった巨大算盤を背負うと、立ち去る渡京。

極楽　じゃあ、うちも。（袋に金をつめ）こんだけあれば、どこかの寺に立派な墓が建てられるやろ。

忠馬　どこ行くんだ、りんどう。

極楽　（手を出し）銀一枚や。

忠馬　（金を掴めるだけ掴むと極楽の手にのせて）金の分だけきれいになるっつってたな。どれくらいになるか、見せてもらおうじゃねえか。

極楽　上等や。しっかり見届けてもらおうやないか。目ぇつぶれるで。

捨之介　（忠馬に）どこ行くんだよ。

忠馬　さてね。侍にもほとほと愛想がつきたからな。どっかの田舎に田圃でも買うか。

仁平　なに、言うとるだ。

と、仁平登場。荒武者隊の服の一部をとった傾奇者の格好。

仁平　おめさが、そったら弱気じゃあ冥土の子分達に笑われっぞ。関八州荒武者隊なくして、誰がこの関東の筋さ通すだに。

忠馬　あにさ。

仁平　おらも今日からおめさと一緒だ。派手にいくべよ、忠馬。

忠馬　わ、わかった。やるっぺよ。あにさ。（捨之介に）と、いうわけだ。今度は、家康にガツンとくらわせてやるか。
捨之介　その方がてめえらしいよ。
忠馬　おう。
極楽　沙霧、あんたも元気でな。
沙霧　う、うん。

捨之介と沙霧に別れを告げて、三人立ち去る。捨之介も去ろうとしている。

沙霧　捨之介、……あんた、分け前は。
捨之介　その金はてめえのもんだ。どう使うのもてめえの勝手。人間五十年夢幻の如くなり。だったら面白い夢を見た方が勝ちだ。その金でいい夢見な。
沙霧　……きめた。あたしは、この金で城を作る。
捨之介　城？
沙霧　あんたの城を作ってやるよ。
捨之介　よせよせ、柄じゃねえよ。
沙霧　もう決めたんだ。待ちなよ、おい。待ってってば。

先に立ち去る捨之介。

金子箱を担いで後を追う沙霧。

これより先、この七人の行方を知る者はない。


蛇足ながら――。

その八年後、慶長三年、死期が間近に迫った秀吉は、己の主君織田信長の悪夢にうなされていたと、信長、秀吉の両雄に仕えた前田利家は語っている。夢枕に立って自身の遺児達の零落を嘆き、早く冥土に来いとうながす主君の幻影におびえた秀吉は、恐怖のあまり異様な叫び声をあげながら寝床から抜け出し這いずり回っていたと『利家夜話』には記されている。天下人秀吉に、信長の恐怖の影をそれほどまでに深く刻み込んだものは何か。その真実を知る者は、当時五奉行を務めていた徳川家康ただ一人だったのではないだろうか。

彼は腹心服部半蔵にこうつぶやいている。

「信長そっくりの顔を持つ男と城作りにたけた者とが組めば、難攻不落といわれた大坂城に忍び込んで太閤殿下の枕元に信長公の亡霊を作り出すことも不可能ではない」と。

その家康は江戸幕府を開いた後、大僧侶天海とともに、近世比叡山の復興に尽力を尽くしている。黒衣の宰相とも呼ばれ家康最大の師とも友とも呼ばれた巨人、天海。彼にも謎めいた噂がつきまとっている。その噂とは明智光秀・天海同一人物説。信長を殺した男と噂される大僧侶と二人して、家康が関東の地に封じようとしたものは一体何だったのか。

第六天魔王。――それまでの寺院勢力を否定し寺領を容赦なく没収し、中世的権力に真っ向から対立した信長を、比叡山延暦寺はこう呼んで罵った。その後、彼が行った比叡山焼き討ちの大虐殺はあまりにも有名である。

髑髏城の七人〈アオドクロ〉——完

あとがき

七年前、『髑髏城の七人』の再演の劇場にいた僕と演出のいのうえひでのりは、それまでにない手応えを感じていた。

自分たちがやろうとしていたことが、一つ結実した。ホンが、演出が、役者が、スタッフが、自分たちの出せる最高の仕事をして、それが舞台の板の上に乗っている。僕もいのうえも迷うことなく「この芝居は面白い」、そういえる作品がやっと作れた。そう感じていた。

終演後のロビーで見るお客さんの表情が、日に日に増える当日券のお客さんの数が、その感覚は僕たち制作者側の独りよがりではないことを教えてくれた。その芝居を市川染五郎さんが見に来てくれて、「現代の歌舞伎ではないか」と言って喜んでくれたところから、新橋演舞場『阿修羅城の瞳』公演へとつながっていくのだから、まったく縁とはおもしろい。

もしも染五郎さんが最初に観たのが『轟天シリーズ』だったら、今ごろ、剣轟天は染五郎さんの持ち役になって、サンシャイン劇場で宮藤官九郎くんが皆川猿時対市川染五郎で『轟天vs港カヲル』をやっていたかも知れない。

それはそれでとても観たいが、運命の神様は別の対決を用意した。

古田新太vs市川染五郎。

二人の主演による『髑髏城の七人』、2《ツー》バージョンを一年のうちに上演する。それもキャストを総取っ替えして。

この場合の運命の神様とは、黒いキャップを被ってTシャツと半ズボンで、劇場ロビーの隅で終演後のお客さんの様子を眺めているところをよく目撃されている存在だ。おおむね「いのうえさん」とか呼ばれている。

「古田の捨之介と天魔王、染さんの捨之介と天魔王、どっちも見たいじゃないか」

そんな贅沢を言うこの劇場の道祖神のような存在に、本物の運命の神様が味方したのか、今年二〇〇四年、二人の主役を軸に、それぞれ実に豪華で力のある役者陣が集まってくれて〈ドクロイヤー〉は実現した。

ここに収められた二本の台本、『アカドクロ』は古田版の、『アオドクロ』は染五郎版の上演台本だ。

『アカドクロ』は歌もダンスも削って芝居と殺陣で物語を骨太に見せる黒澤映画テイストを目指したシンプルでダイナミックな作品に。『アオドクロ』は、歌も踊りも加えて見せ場を派手に絢爛な、いわゆる〝いのうえ歌舞伎〟の真骨頂を、と、一本の作品でも、全く違う味わいが出るように、書き直している。

ベースの物語は同じだが、その辺の違いをわかってもらえればと、いつものように論創社さんにはわがままを通してもらい、二本だての戯曲集を出すことができた。

〈ドクロイヤー〉の締めくくりに、楽しんでいただければ幸いです。

二〇〇四年九月

中島かずき

髑髏城の七人☆上演記録

髑髏城の七人☆アオドクロ

東京◎2004年10月6日～28日（プレビュー10月5日）　日生劇場

◉キャスト
玉ころがしの捨之介　市川染五郎
天魔王　市川染五郎
沙霧　鈴木杏
無界屋蘭兵衛　池内博之
極楽太夫　高田聖子
カンテツ　三宅弘城
裏切り渡京　粟根まこと

〈関八州荒武者隊〉
うなずき才蔵　川原和久
とどかず大騒　タイソン大屋
いじられ張太　中野英樹
さかなで崇助　山中崇
なげやり栄吉　安田栄徳
うっかり杉一　杉山圭一

〈関東髑髏党〉
鋼の鬼龍丸　高杉亘
乱の剛厳丸　小村裕次郎
刃の非道丸　川原正嗣
無名　前田悟
無明　村木よし子
無音　山本カナコ
魔母衣衆・龍舌　柴田健児
胡蝶　小寺利光
玉花　島田裕樹
富貴　小椋太郎
素心　蝦名孝一

〈無界の女達〉
およし　村木よし子
おかな　山本カナコ
おくず　葛貫なおこ
おあや　田畑亜弥
おみゆ　武田みゆき
おみほ　伊藤美帆
おりえ　嶌村緒里江
おさや　野澤紗耶

仁平　村木仁
贋鉄斎　逆木圭一郎
服部半蔵　逆木圭一郎

十蔵／巨烈／鉄機兵／伊賀忍軍　横山一敏
全蔵／豪烈／鉄機兵／伊賀忍軍　藤家剛
鉄機兵／伊賀忍軍／徳川兵　竹内康博，中川素州，加藤学，矢部敬三，三住敦洋，佐治康志

狸穴二郎衛門　ラサール石井
こぶしの忠馬　佐藤アツヒロ

◉スタッフ
作　中島かずき
演出　いのうえひでのり
美術　堀尾幸男
照明　原田保
衣裳　小峰リリー
ヘアメイク　高橋功亘
振付　川崎悦子
アクション・殺陣指導　田尻茂一，川原正嗣，前田悟
アクション監督　川原正嗣
音楽　岡崎司
音響　井上哲司
音効　山本能久，大木裕介
小道具　高橋岳蔵
特殊効果　南義明
映像　樋口真嗣
歌唱監督　右近健一
演出助手　坂本聖子，小池宏史
舞台監督　芳谷研

宣伝美術　河野真一
宣伝写真　野波浩
宣伝メイク　内田百合香
制作助手　田村由紀子
制作補　小池映子
制作　真藤美一（松竹），柴原智子（ヴィレッヂ）
制作協力　劇団☆新感線，ヴィレッヂ

主催・製作　松竹株式会社

髑髏城の七人☆アカドクロ

滋賀◎2004年4月17日～18日　滋賀県立芸術劇場びわ湖ホール
東京◎2004年4月29日～5月8日　新国立劇場
大阪◎2004年5月18日～24日　大阪厚生年金会館
東京◎2004年5月31日～6月6日　東京厚生年金会館

◉キャスト
玉ころがしの捨之介　古田新太
天魔王　古田新太

無界屋蘭兵衛　水野美紀
沙霧　佐藤仁美
極楽太夫　坂井真紀

抜かずの兵庫　橋本じゅん
裏切り三五　河野まさと

〈関八州荒武者隊〉
あやまり陰兵衛　インディ高橋
逃げ腰目多吉　吉田メタル
殴られ健八　保井健
従順一朗太　中野順一朗
尻馬鹿之進　鹿野哲郎

〈関東髑髏党〉
犬神泥帥　右近健一
胡蝶丸　山本カナコ
龍舌丸　前田悟
巍岩　横山一敏
鉄機兵達　武田浩二，佐治康志，
長谷川聖，大林勝，竹内康博，加藤学，
矢部敬三，三住敦洋

〈無界の里の女達〉
おすぎ　杉本恵美
おさと　中谷さとみ
おえま　保坂エマ
おえり　秋山エリサ
おゆき　中坪由起子
おのぞ　川田希
おさほ　成田さほ子
おかお　野口かおる

礒平　礒野慎吾
服部半蔵　川原正嗣
狸穴二郎衛門　佐藤正宏
斬光の邪鬼丸　山本亨
贋鉄斎　梶原善

◉スタッフ
作　中島かずき
演出　いのうえひでのり
美術　堀尾幸男
照明　原田保
音響　井上哲司
音効　末谷あずさ，大木裕介
振付　川崎悦子（BEATNIK STUDIO）
殺陣指導　田尻茂一，川原正嗣，
前田悟（アクションクラブ）
アクション監督　川原正嗣（アクションクラブ）
音楽　岡崎司
歌唱監督　右近健一
衣裳　竹田団吾
ヘアメイク　高橋功亘
小道具　高橋岳蔵
特殊効果　南義明
大道具　俳優座劇場
演出助手　小池宏史
舞台監督　芳谷研

宣伝美術　河野真一
宣伝写真　渞忠之
制作協力　キョードー大阪
宣伝　る・ひまわり
制作助手　寺本真美
票券　脇本好美（ヴィレッヂ）
制作進行　小池映子（ヴィレッヂ）
制作　細川展裕，柴原智子（ヴィレッヂ）

大阪公演主催　関西テレビ
主催・企画制作　劇団☆新感線，ヴィレッヂ

髑髏城の七人☆再演

大阪◎1997年9月25日～28日　道頓堀・中座
愛知◎1997年9月30日～10月1日　愛知厚生年金会館
東京◎1997年10月8日～21日　サンシャイン劇場
福岡◎1997年11月2日　大野城まどかぴあ

◉キャスト
玉ころがしの捨之介　古田新太
天魔王　古田新太
ぺてんの沙霧　芳本美代子
極楽太夫　高田聖子
抜かずの兵庫　橋本じゅん
無界屋蘭兵衛　粟根まこと
贋鉄斎　逆木圭一郎

〈関八州荒武者隊〉
裏切り三五　河野まさと
居合いの陰兵衛　インディ高橋
威張りの不乱坊　フランキー仲村
目張りの目多吉　吉田メタル

〈関東髑髏党〉
鬼楽因果丸　右近健一
斬馬　田尻茂一
胡蝶丸　前田悟
龍舌丸　大林勝
無明　村木よし子
無音　山本カナコ
餓毘羅　タイソン大屋
苦毘羅　はだ一朗
鉄機兵達　船橋裕司，武田浩二，
　山口貴史，林裕隆

〈無界の里の女達〉
およし　村木よし子
おかな　山本カナコ
おけい　杉本恵美
おとし　江本敏子
ほうじ　保地有紀子
おさと　中谷さとみ
おまさ　平川雅子
なるみ　中村成美
ひろし　真藤洋

礒平　礒野慎吾
服部半蔵／仮面の天魔王　川原正嗣
狸穴二郎衛門　こぐれ修

◉スタッフ
作　中島かずき
演出　いのうえひでのり
演出助手　坂本聖子
舞台監督　伊藤一刀
照明　松林克明
PA　井上哲司，広津千晶
音効　末谷あずさ，大木裕介
美術　綿谷文男
大道具製作　浦野正之
特殊効果　南義明
振付　川崎悦子
アクション・殺陣指導　田尻茂一，
　川原正嗣，前田悟
音楽　岡崎司
音楽部　右近健一
衣裳　鈴木裕樹，坂根真美子，吉村律子，
　水野泰明，三浦淳子
衣裳プロデュース　竹田団吾
小道具　高橋岳蔵，長谷川絵理，
　矢島佳代子，松崎久美子，礒野慎吾
イルミネーション　奥田イルミカ
宣伝美術　大島光二
宣伝写真　野波浩
宣伝メイク　内田百合香
制作　志賀玲子，柴原智子，脇本好美，
　前田和子
企画制作　ヴィレッヂ，劇団☆新感線

髑髏城の七人☆初演

東京◎1990年11月16日〜18日　池袋西口公演テント劇場
〔東京国際演劇祭'90参加公演〕
大阪◎1990年12月29日〜30日　近鉄劇場
〔近鉄劇場提携公演〕
東京◎1991年2月9日〜11日　シアターアプル
〔東京リターン公演〕

◉キャスト
玉ころがしの捨之介　古田新太
天魔王　古田新太

沙霧　高田聖子
あかね／極楽太夫　羽野アキ

抜かずの兵庫　橋本じゅん
抜きの大吉　橋本さと
裏切り渡京　粟根まこと
贋鉄斎　逆木圭一郎

無界屋蘭兵衛　鳳ルミ
狸穴二郎衛門　竹田団吾
遠山景政　枯暮修
服部半蔵　枯暮修
獣田素振之介　猪上秀徳

半吉　河野まさと
謎の南蛮人　右近健一

〈関東髑髏党〉
邪眼　インディ高橋
不動　フランキー仲村
無明　村木よし子
無音　下村トモコ
疾風　サコ
その他　乾肇，石田アキラ，礒野慎吾

〈無界の里の女達〉
お香　陣内かおり
お知　出来とも子
お結　仲町ゆう子
お美穂　筒井みほ
お由香　庄野ゆかり
お佳奈　山本カナコ
お桂　神谷桂子
お昌　前田まさよ

◉スタッフ
作　中島かずき
演出　いのうえひでのり
舞台監督　西本修
舞台監督助手　サコ
美術　綿谷文男
照明　松林克明
音効　今井育徳
衣裳　竹田団吾，柴原智子
小道具　逆木圭一郎，高橋岳蔵，乾肇
宣伝美術　グラフィック探検隊
イラストレーション　石川賢
写真　糸川燿史
制作　大石時雄，志賀玲子，小郷原照代
企画制作　ヴィレッヂ

中島かずき（なかしま・かずき）
1959年、福岡県生まれ。立教大学卒業。舞台の脚本を中心に活動。㈱双葉社に編集者として勤務すると同時に1985年4月、『炎のハイパーステップ』より座付作家として劇団☆新感線に参加。以来、物語性を重視した脚本作りで、劇団公演3本柱のひとつ〈いのうえ歌舞伎〉と呼ばれる時代活劇を中心としたシリーズを担当。2003年、『アテルイ』で第47回岸田國士戯曲賞を受賞。そのほかの代表作品に『野獣郎見参』『髑髏城の七人』『阿修羅城の瞳』などがある。

K. Nakashima Selection Vol. 10
《髑髏城の七人》
アカドクロ／アオドクロ

2004年10月20日　初版第1刷発行
2017年 7月20日　初版第3刷発行

著　者　中島かずき
発行者　森下紀夫
発行所　論創社
東京都千代田区神田神保町2-23　北井ビル
電話03(3264)5254　振替口座00160-1-155266
印刷・製本　中央精版印刷
ISBN4-8460-0493-7

落丁・乱丁本はお取り替えいたします

Vol. 5

大江戸ロケット

時は天保の改革，贅沢禁止の御時世に，謎の娘ソラから巨大打ち上げ花火の製作を頼まれた若き花火師・玉屋清吉の運命は…….人々の様々な思惑を巻き込んで展開する江戸っ子スペクタクル・ファンタジー.　本体1800円

Vol. 6

アテルイ

平安初期，時の朝廷から怖れられていた蝦夷の族長・阿弖流為が，征夷大将軍・坂上田村麻呂との戦いに敗れ，北の民の護り神となるまでを，二人の奇妙な友情を軸に描く．第47回「岸田國士戯曲賞」受賞作.　本体1800円

Vol. 7

七芒星

『白雪姫』の後日談の中華剣劇版!?　舞台は古の大陸.再び甦った“三界魔鏡”を鎮めるために，七人の最弱の勇者・七芒星と鏡姫・金令女が，魔鏡をあやつる鏡皇神羅に戦いを挑む.　本体1800円

Vol. 8

花の紅天狗

大衆演劇界に伝わる幻の舞台『紅天狗』の上演権をめぐって命を懸ける人々の物語．不滅の長篇『ガラスの仮面』を彷彿とさせながら，奇人変人が入り乱れ，最後のステージの幕が開く.　本体1800円

Vol. 9

阿修羅城の瞳〈2003年版〉

三年前の上演で人気を博した傑作時代活劇の改訂決定版.滅びか救いか，人と鬼との千年悲劇，再来！　美しき鬼の王・阿修羅と腕利きの鬼殺し・出門――悲しき因果に操られしまつろわぬ者どもの物語.　本体1800円